# 七〇往事

## 小院里的童年

雪儿 著

北京日报出版社

图书在版编目（CIP）数据

七〇往事：小院里的童年 / 雪儿著. -- 北京:北京日报出版社，2015.8
ISBN 978-7-5477-1566-6

Ⅰ. ①七… Ⅱ. ①雪… Ⅲ. ①短篇小说－小说集－中国－当代 Ⅳ. ①I247.7

中国版本图书馆CIP数据核字(2015）第099272号

**七〇往事：小院里的童年**

出版发行：北京日报出版社
地　　址：北京市东城区东单三条8-16号 东方广场东配楼四层
邮　　编：100005
电　　话：发行部：（010）65255876
　　　　　总编室：（010）65252135-8043
印　　刷：廊坊飞腾印刷包装有限公司
经　　销：各地新华书店
版　　次：2015 年 8 月第 1 版
　　　　　2015 年 8 月第 1 次印刷
开　　本：880 毫米×1230 毫米　1/32
印　　张：7.5
字　　数：165 千字
定　　价：22.80 元

这是一部现代版的《城南旧事》，作者以女性特有的敏感与细腻，轻轻地、静静地，一点点展开那个时代的狂暴与迷乱。

记忆的月亮如外婆温婉的注视，
把小院的旧事照亮……
所有的苦难坎坷，都熠熠闪光。

# 目 录

# 序一

2011年香港《明报》月刊举办“中国文化人心路历程”主题活动。我和死党白桦、陈钢被邀在城市大学演讲。讲毕，一年轻女子上来要与我合影并送我一书《白纸黑字》，上有她的大作，让我提意见。

这名女子芳名马雪蓓，和我同族，回族；又有同好，文学艺术；和我的故乡南京也有过密切关系。于是与她相识。

我于她，亦师亦友，她是美女，我是老朽，彼此只是忘年之交，相互无有妄念之求。她的文章我看，我的剧本她瞅。以文联谊，以艺结友。

我曾多次说过，女子是天生的作家。女子最重感情，女子最重细节。而感情和细节，是文学最基本的两个要素！

“雪蓓”即雪中的花朵，天生丽质，也天生素质（文学素质）。我认真读过她不少的文章和小说，也时不时地做过即兴的点评。总体印象：她的作品情感真挚、文字朴质、风格清丽、颇见功力。更为可喜的是，她极重细节的笔触，使得她的作品极富画面感，甚至不但能见其形，还能闻其声，嗅其香……阅读中，眼前不断浮现的是一幅幅颇具时代烙印的照片，字里行间，无处不在的是一个受惊的孩子睁大的眼睛，这双眼睛或躲在妈妈身后，或独自躲在墙角，颤栗着面对成人的世界，她的样子很模糊，唯有脸上那双睁大的眼睛，发亮的黑眼珠，却无比清晰。所以，她有心写出现代版的《城南旧事》，这不是没有希望的。

在香港的浮华都市，读这样的作品，如在酷暑中畅饮一杯冰泉，在尘嚣中窥见一道风景。

沙叶新

2013 年 3 月 23 日

---

沙叶新：上海人民艺术剧院院长、编剧、顾问，国家一级编剧，中国剧协创委会副主任，上海剧协副主席。

# 序二 浮躁时代下的清新文字

本书的作者是一位纯情善良具有独立思想的美女作家，曾在内地担任过五年电视台主持。

这部自传体小说，从小女孩“我”的视角切入，以作者童年生活的小院为载体，向您讲述一个个颇为伤感的故事。揭示上世纪七十年代初中国的小人物，在大时代下的生活写照，他们的挣扎和无奈，沧桑和泪水。

这是浮躁时代下的清新文字。语言简洁流畅，自然朴实，如小桥流水般娓娓漂来，而女性细腻的笔触又给小说增加了一抹温柔和明丽的色彩。全篇没有跌宕起伏的故事情节，即便有，作者也似有意避开，而直接进入悲剧平息之后的漫长岁月中，这创伤给人带来的巨大的痛楚，一如伤口一路渗血，直至生命的尽头。小说中，“马大夫的女儿”，一个如此美丽鲜活的生命，如一朵娇嫩欲滴的花，正在尽情绽放的年龄，被一只污秽的大手粗鲁地摘下，生命瞬间枯萎。她虽还活着，已与死无异，人们看到的只是一具残缺的躯壳，灵魂早已死去。

在《七〇往事：小院里的童年》一书里，没有好人坏人，有的只是一群活生生的挣扎的生命，许大大虽然某种程度上欺骗了他的女人，但也只是无意中做了现实的帮凶，而他的善良本性又使他一次次包容着他的女人；梅的母亲——陈奶奶，虽然在作者童年的眼睛里被看成“老妖婆”，但她是一位多么了不起的女性，一个家庭妇女吞下丧夫的泪水，用她瘦弱的肩膀扛起一个家，独自带大五个孩子，知道了这些，也就自然对她日后对梅的专制与不近情理多了一份宽容与理解。

尽管书中时有出现的童趣，给这压抑的空气带来一丝明亮和温暖。但不得不说，整部小说的调子是悲凉的，色彩是灰暗的。

书中字里行间透出作者对孩提时代的生活倾注了强烈的情感，对小院中的人物给予无限的同情和悲悯。

整部书是一部小说，但极具散文体特色，没有贯穿始终的主线，没有波澜不惊的叙事，文中的故事和人物都是随着“女孩”的讲述，影影绰绰，似隐似现，开始读时，感觉轻松，但随着故事的徐徐展开，心头会一点点沉重起来，这绝不是一本轻松的书，这是一首凄婉的歌！歌中有血，有泪，有撕心裂肺的痛苦，有对爱情的誓死捍卫，也有不得不屈服于命运的沉重的叹息……

经历过那个时代的人，会觉得小说里的人物似曾相识，他(她)就曾经生活在你我的周围，作者的童年就是你我的童年，作者的外婆就是你我的母亲或外婆……

陶杰

2013年5月15日

---

陶　杰：香港著名作家及媒体工作者，生于香港，曾居英国十六年，有香港“第一才子”称号。

# 序二 现代版的《城南旧事》

我初识雪蓓之际，同时也认识了她的作品。雪蓓很年轻，有一双明亮清澈的大眼睛。她告诉我，她很喜欢林海音的《城南旧事》。这令我非常惊喜，就好像是遇到了知音。太好了！只因我也是林海音及其作品《城南旧事》的忠实“粉丝”，而且我还认识林海音先生，并有幸接受过她的亲切教导。多少年过去了，至今还深刻难忘。

至于雪蓓，热爱文学，勤于写作，又非常之谦逊好学。她给我看她的作品，大部分都是短篇小说，已显露出她的创作才华。尤其令我眼前一亮的是她的小说，写人写事，细腻入微。其中有的作品，就像用童稚的眼光，去专注地、细细地观察成年人的世界，别有一种天真而透彻的感受。这就与《城南旧事》中的英子，以稚子之心看待世事、世人那样，巨细无遗，洞悉真情。

这一次，雪蓓的作品结集出版，我觉得是一件可喜可贺的事情。从这本结集中可以看到雪蓓创作的成果，好比用小英子的眼睛，一边向世界观察探索，一边也加速了自身的成长。可以预期，雪蓓将会在文学创作的道路上不断努力，不断进步，定当取得越来越大的成就。

周蜜蜜

2013 年 2 月 15 日

---

周蜜蜜：香港儿童文学作家，黄庆云之女。香港作家联会副会长，中国作家协会会员，多部作品入选香港中小学中文教材。

2013
福

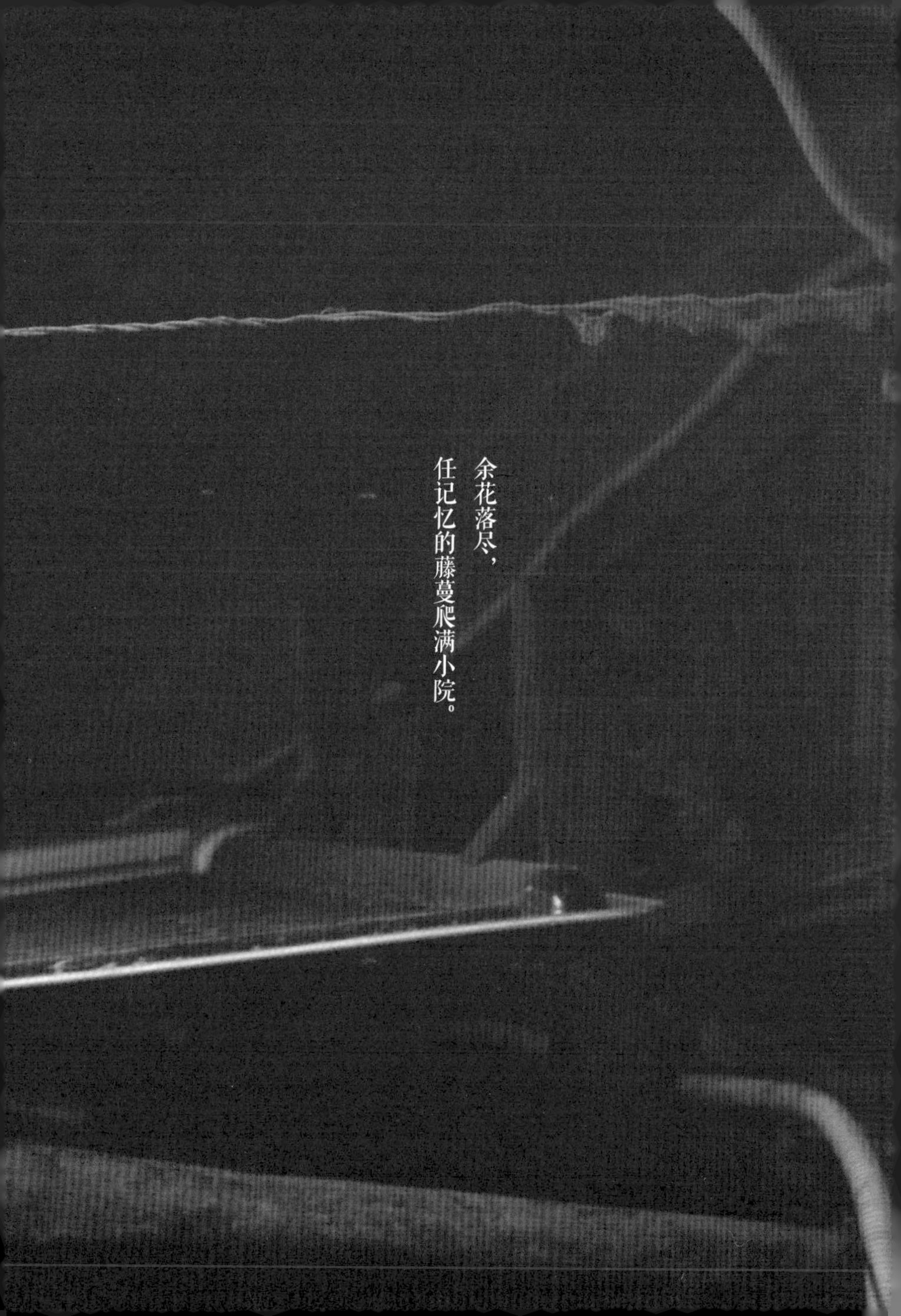
余花落尽，
任记忆的藤蔓爬满小院。

孩子，
跟我来，
让我带你走进时光的隧道，
走进妈妈的童年……

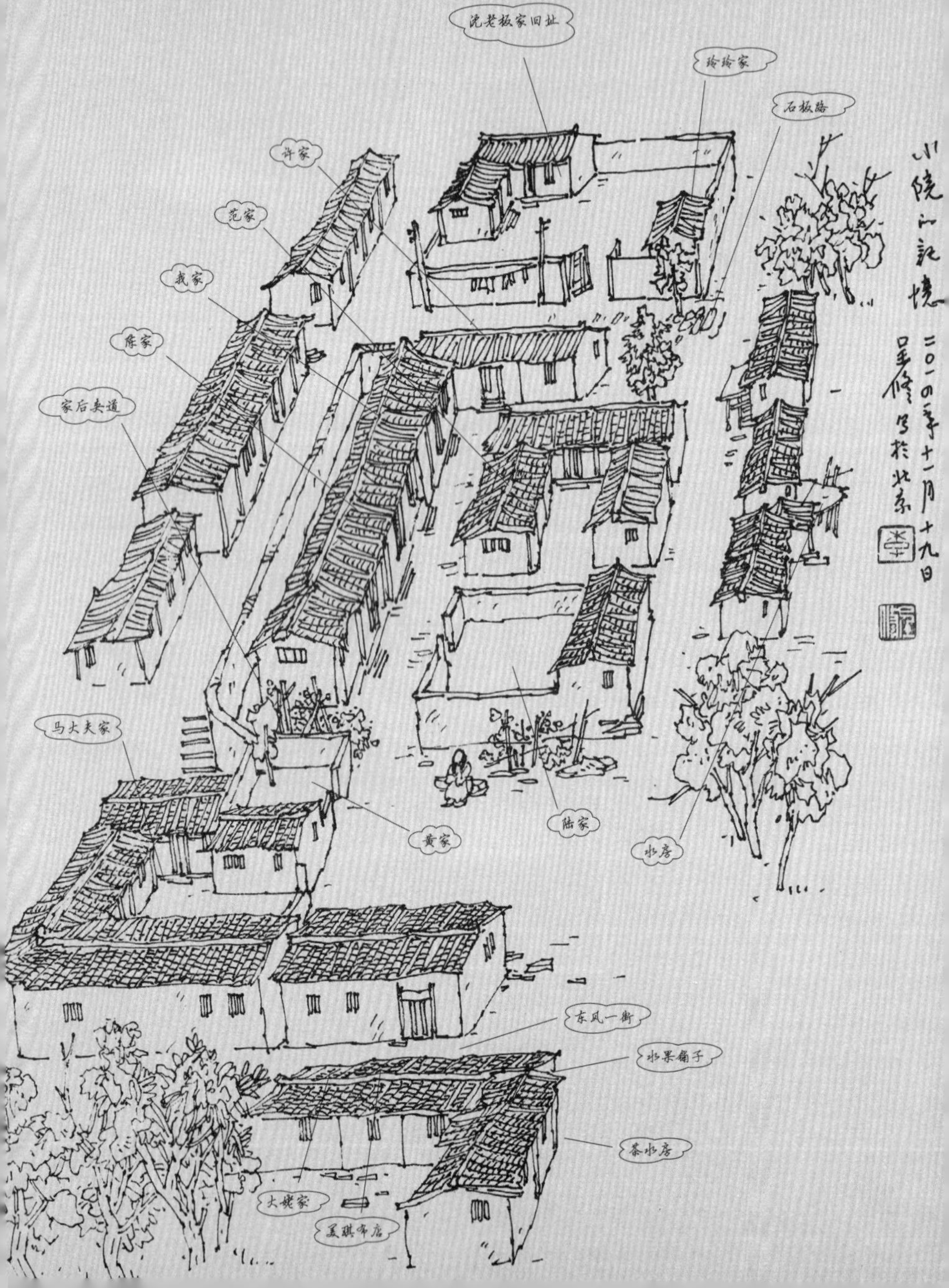
沈老板家旧址
玲玲家
石板路
许家
范家
我家
陈家
家后夹道
马大夫家
黄家
陆家
水房
东风一街
水果铺子
茶水房
大姨家
美琪布店
小院记忆
二〇一〇年十一月十九日
写於北京

# 楔子

我小时候住的院子，不大，入口进来，内有六户人家，沿着一条走道两边一溜儿排开，一边是许家、我家、陈家和黄家，另一边则是范家和陆家。中间走道极窄，仅能容一人通过。两边屋子排列得并不整齐，中间的一人巷，也就沿着屋子的墙根弯弯曲曲一直伸到小院尽头——房东黄奶奶家。我家夹在许家和陈家中间，与许陈二家公用两道山墙。

这是个极平常的小院，在这小城里随处都能见到，若说有什么不同，那就是这个院里的每一户都缺了男人。男人有的病死，有的死在战场，还有的死在劳改农场。唯一活着的是我外公，当时虽已刑满释放，但身份仍是劳改释放犯，在另一城市的一家劳改单位工作，直到在那里去世。

小院是清一色的女人世界，寡妇的院子。

我十岁以前，在这里度过……

# 一 寂寞的童年

（一）

在小院里，有个废弃的夹道，一端封死，入口在黄陈两家之间。夹道又细又长，依次经过黄家、陈家、我家和许家，像根带子绕了小院半个圈。夹道内杂草丛生，隔壁院内的大树，树枝越过院墙，伸到夹道里，树枝上坠着吊死鬼，在空中摇晃。

夹道入口处有一条很粗的丝瓜秧子，紧贴着黄家院墙根。盛夏，雨后，丝瓜疯长，一夜间，干裂的老藤伸出好多条绿色丝蔓，打着卷儿地斜向空中。院里的大人找来一根废弃的竹竿随便往墙根一靠，没几天，竹竿上就缠绕了不少细藤。又过几天，看不见竹竿了，它被丝瓜叶子裹起来了。最后，丝瓜藤爬满了黄家院墙，藤蔓在墙和竹竿间交错缠绕，快把夹道口堵上了，要用手拨开缠绕的丝瓜藤子才能进到里面。但我更喜欢了。

一到傍晚，外婆会喊："蓓蓓——，去家后（夹道）拾鸡蛋。"

"噢——!"我爽快地应着。

声音没落，人已钻进了夹道，一瞧，鸡窝里果真卧着个鸡蛋，一摸还热着呢。外婆买了两只芦花鸡，就养在这夹道里，她说我正在长身体，要保证每天吃一个鸡蛋。

我六岁那年，妹妹还未出生，我是家里唯一的孩子，爸妈下放农村，把我丢给外婆带。

这小院是婆婆们的世界，不是孩子们的。院里的陈奶奶有两个儿子，虽不是大人，但比我大很多，已上中学，自然是不屑与我玩的。许奶奶呢，她有两个孙子，年龄倒是和我相仿，哥哥比我大四岁，弟弟只比我大两岁，按说可以玩到一处，可他们不常住这里，和他们父母另有住处，只有假期或者周末才回到小院。平日里这院子就只我一个小孩，无聊时，家后的夹道便是我最常去的地方。

尤其那有丝瓜和牵牛花的入口。一到夏天，那里热闹呢！就说牵牛花吧，它纤细的丝蔓缠绕在丝瓜藤上，一路往上爬，一路开着小喇叭。有的丝蔓打着卷儿向前伸展，一路向前却又左顾右盼，生怕随时会遇到危险，只向着空中生出一截儿，又急急地往回羞涩地绕在自己的身体上，最终不敢向前了。可那些稍粗一些的花茎，似乎勇敢许多，老长了，没有找到可以攀附的东西，它也不回头，就伸着脖子。一阵风吹过，它颤抖着，好像在让我帮它找一个依靠似的。我小心翼翼地把它绕在近旁的丝瓜藤上，这下它放心了，可以一个劲儿地爬了，想爬多高就爬多高。过几天看吧，那满墙密密的丝瓜叶的缝隙间，就俏皮地开出一朵朵小喇叭，安全而快乐！

牵牛花是不寂寞的，我想，它有丝瓜陪着，它们是最好的朋友。牵牛花那细细的丝蔓一碰到丝瓜藤，就立刻缠绕上去。丝瓜呢，它爬得更高，爬过陈奶奶家的窗台，又爬过墙头，竟爬到陈家的房顶上去了，还在上面接了个大丝瓜。那丝瓜越长越大，它趴在房顶上，看上去不像是从这根藤子上结的，大人们够不着了，他们站在屋檐下，伸着脖子指着陈家的房顶说，看，屋顶上那个大丝瓜，说完就去做别的事了。

院里的奶奶们洗碗时有时会提起，她们说，啥时候上房顶把那个老丝瓜摘下来，洗碗用。可也就这么说说，并不真的做。那丝瓜就自己待在房顶上，终日风吹日晒雨淋。小丝瓜吃了一茬又一茬，老丝瓜还趴在那房顶上，估计早就烂掉了吧！

丝瓜和牵牛花是快乐的，它们互相做着伴。

可我呢——

我有谁来陪呢——

只有大军子来到小院时，才会带我玩一阵子。大军子是隔壁许奶奶的大孙子，比我大四岁，已上小学。他个子细长，脖子也细长，细长的脖子上系着一条红领巾，瘦脸尖下巴，耳朵却很大，跟他的脸极不相称，好像不是他的耳朵似的。每次见到他，鼻涕总挂在嘴巴上，我一说，他就用红领巾去擦，胸前的红领巾总是又硬又脏，像两根油条。他有个弟弟叫小军子，比他高比他壮，也比他调皮，虽是弟弟，看上去却像哥哥。

院子外有条石板路，铺得不平整，下雨天，石板下低洼处就积了很多脏水。小军子站在不平整的石板上，等有人走过，他一脚踩下去，扑哧溅得人家一脚脏水。大人走过他不敢，比他大的男孩走过他也不敢，就等着比他小的，尤其女孩子。我是他一定要欺负的对象，鞋子被他这样灌了一次脏水后，从此我再不理他，院子里见到他头一甩。大军子从不这样做，但当他的弟弟这样时，他也不阻拦，他在一旁看。每每弟弟得逞时现出一脸得意，他就在一旁笑。

我从不跟小军子玩。

夏天，小院里，家家户户都不关门。白天，我们几个小孩就这家窜到那家的玩儿，只要不是太吵，大人们多由着我们。房东黄奶奶家，是我们常去的。她家有个院子，虽不大，但收拾得干净利落。院里还有一棵老粗的洋槐，开花的季节，满树的洋槐花，一串串沉沉地缀着，把树枝都压弯了，香气飘散在小院的每个角落。

黄奶奶又矮又胖，一条腿是瘸的。外婆告诉我，黄奶奶小时候得过一场病，之后她的腿就这样了。她是东风一街上黄永昌中药铺子黄老板的女儿，因有残疾，下嫁给了一个穷小子，这个小院是她娘家的陪嫁。那男人生的高大英俊，但家里穷，娶了黄奶奶，做了倒插门女婿，还了家里的债，还得了这么大个院子。这男人是军人，抗美援朝的时候死了，黄奶奶成了烈属，部队那点抚恤金养不活三个孩子，她就靠着娘家陪嫁的这个院子，收着房租养大三个孩子。

那天中午，吃过午饭，一个人闷得慌，院子里很静，树上的知了叫得人心里头烦，我想去家后看看我的牵牛花又开了几朵，丝瓜藤上结丝瓜了吗？正想着，院里来了一阵风，风里有股子槐花香，闻到花香我想起了一件事，轻手轻脚地溜到许奶奶家，一进屋，看见大军子正趴在堂屋桌上写作业，放暑假了，他这阵子都住在小院。里屋的门帘子放下了，许奶奶在里屋睡觉。晌午时候，院里的婆婆们都在睡觉。

“干啥——，鬼鬼祟祟的。”大军子头也没抬地问。

“你闻到槐花香了？”我小声说。

他便停了写字，站起来对我说：“走！带你去！”

他说过，等黄家的槐花熟的时候，带我去摘。

我们踮着脚进了黄奶奶的院子，房门半掩着，我伸头往里屋瞧，透过布帘，看见黄奶奶在里屋床上睡觉。大军子伸出两手，掌心相对用力搓了搓，两腿夹住树干，像个猴子噌噌两下就爬上了树，坐稳后，攀住树枝，一嘟噜一嘟噜的槐花往下扔。我在下面忙着拾都来不及，一眨眼就装满了一竹篮。我在树下昂着脖子，压着嗓门对大军子说：“我也想摘——给我留点儿——”他点头，就只摘高处的，把矮树枝上的槐花留给我，然后下地来，再把我用力抽上去。我很笨，行动不灵活，两手用力抱着树，费了半天劲，好不容易攀到树杈上。最后一下用力过猛，腿上蹭掉一大块皮，火辣辣地疼。我咧着嘴要喊，大军子急得手指头使劲指着屋里面——黄奶奶正睡觉呢。我忍着腿上的疼，摘了几串槐花，总算也过了瘾，从树上下地来。大军子在下面张开双臂，像接个大麻包似的一把抱住我，冲力太大，他一屁股坐到了地上，捂着屁股疼得直咧嘴，不敢出声。虽然我俩都受了伤，但看到这满满一篮子槐花，清香扑鼻，也都值了。晚上，外婆把槐花洗净，和上面粉，上锅蒸。蒸熟了，盛在碗里，淋上麻油，外婆盛了两小碗让我给黄家和许家送去。我端着碗到了黄奶奶家，一进院子，看见黄奶奶正弯腰扫地，我这才看到院子里地上满是树叶、槐花，一片狼藉。

“外婆做的蒸槐花，让我给您送点来。”我小声地说。

“我不吃，你拿回去吧！”黄奶奶头也不抬。

我扭头就走，觉得委屈，鼻子一酸，哭了。黄奶奶在后面喊我，我没有应她。回了屋，放下碗，冲着外婆说：“有什么了不起，不就是房东嘛！”外婆看到桌上的碗，又看看我说：“黄奶奶说你了？”我正要和外婆分辩，隔壁大军子扯着嗓子喊我去他家看小人书，我跑了，跑了两步又回头，把两碗蒸好的槐花都拿上了。

进了许家堂屋，大军子拿着一本小人书在我眼面前晃，说：“你不是一直想看《西游记》吗？我给你借来了。”我把两小碗香喷喷的蒸槐花放到桌上，说：“吃吧，一人一碗，边吃边看！”

我俩趴在桌子上，边吃着蒸槐花边看小人书。

我夹起一筷子塞到嘴里，嚼了嚼说：“这块最香，一定是我摘的。”

“那我摘的呢？就不香了？”大军子说。

“反正没我的香，可能还臭烘烘的呢。”

“为什么？”他睁着眼睛问。

我咯咯笑道：“因为你奶奶总是叫你臭小子，臭小子摘的花自然就是臭的了。”

“好啊！我带你玩儿，你还这样说我，下回不带你玩了。”他一本正经地说。

“蓓蓓她外婆——”院子里突然响起了黄奶奶很响的一嗓子。抬头一看，她正一瘸一拐地迎面走过来，手臂上挎着个篮子。

“你这个外孙女，人小，脾气挺大，我跟她逗着玩儿，生气了，扭头就跑。”黄奶奶冲着迎出来的外婆说道，又把手里的竹篮递给外婆，“我刚又打了点，拿去给孩子。我不是怕他们摘花，我是怕他们摔着，万一摔到哪儿，这是在我院里……是不是……？”外婆忙点头说：“是呀，我就中午眯了一会儿，这俩孩子就闯祸了……”

两个婆婆站在院里没完没了地说，我们在屋里隔着竹帘看得清楚。大军子顺手拿起墙角的竹篮，学着婆婆们的样子挎在胳膊上，又学着黄奶奶弓着腰，走路一瘸一拐，还压着嗓子学她说话：“呦！你这个外孙女儿呀，人小，脾气大……”还没说完他自己先就扑哧笑出来。我也笑得捂着肚子，快要钻到桌子底下了！

大军子在小院时，我是多快乐，我真盼着暑假不要结束，他能一直住在小院。

丝瓜和牵牛花是快乐的，它们互相做着伴。

可我呢——

我有谁来陪呢——

（二）

不去幼儿园的日子，外婆带我去她厂里，但她忙起来时，就把我丢在家里。她做好午饭，搁在桌上，用个菜罩子罩住，临出门她嘱咐我，不要忘了她限定的范围——出去玩最远只能到巷子口，不准到大街上。

这间外婆的小屋，平日只有我和外婆，爸妈一回来，我反倒不自在。我从一岁起就和外婆同住，和爸妈在一起的时间很少，无论心理还是肌肤上，和他们是不太亲近的。尤其是爸爸，他只要在屋里，连空气都是那样紧张，我总盼着他能早点离开，我便自由了。每次，当爸妈要出门时，我就兴奋莫名。

七十年代初，煤气尚未普遍使用，家家户户用的是煤炉。三块蜂窝煤放进炉心，一个炉门，用来控制火的大小。妈总在出门前在炉子上炖东西，临出门她叮嘱我："水滚了，就把炉门关小，别忘了！""噢——"我答应得爽脆，心里却想着马上要来临的自由，大脑开始兴奋，我目送爸妈的身影在院子口消失，立刻插上门，有时他们会突然折回头，不是妈忘带钱包就是爸又忘了什么。取完东西临出门，妈奇怪地看我一眼说，大白天的关门干什么。一来二去，我有了经验，为了避免猝不及防，常在他们离开院子十几分钟后，我的舞台大幕才正式拉开。

正值午饭时分，院子里热闹起来，各种声音传进耳朵：哗哗洗菜的水声，做饭声，锅铲子蹭着锅底的刺耳噪音。隔壁许奶奶回来了，大声嚷嚷什么……外面太嘈杂，不能专心，我关上窗户，再拉上窗帘，屋里静了，也暗下来——，打开灯，增加舞台效果；

再找来妈妈的衣服、围巾、外婆的帽子、买菜的篮子……一切准备就绪，演出开始。我进入自导自演的故事里，开始和剧中的人物对话，变换不同声音，使用不同道具，并尽可能把服装道具复杂化。我玩得如痴如醉，每次都是爸妈响亮急促的敲门声，把我猛地从虚幻世界拉回。

抽离的一瞬间，我想起了他们交代的事，一看炉上的锅子，烧得直冒青烟，烟雾在灯下盘旋缭绕，这时候我才闻到了屋里呛鼻的焦煳味。

巨大的恐惧感，在那一刻通电般从头顶传到脚趾，我无处藏身，只好硬着头皮顶上。爸妈的目光像探照灯，照得我通体透明，狂风暴雨般的训斥迎头砸下来，伴着妈的一声声叹气。我顿时后悔自己的不长记性，同时咬牙发誓要痛改前非。

下次依旧如此——

只要爸妈一出门，我那抑制不住的兴奋，怎么压也压不住，这兴奋足以把他们交代的事瞬间抛到九霄云外。最终，那个锅子禁不起三番五次的烈火考验，锅底烧掉，粉身碎骨。

也是那年的冬天，天寒地冻。屋外飘着大片雪花，屋檐下挂着一条条冰溜子。妈早早上班去了，外婆也出门了。外婆临走时嘱咐我只准在家，外面冷，会冻掉耳朵。我站在窗户前，仰头看着一团团的雪从空中纷纷扬扬地落下，一直看下去，眼睛就看花了。看着看着，屋顶上、窗台上、地上很快就白了，巷子口的大榆树，枝杈上也堆满了雪。

我打开窗户用力伸出手去，掰下屋檐下的冰溜子放进嘴里，冰得我直咧嘴。冬天不好，哪里都不能去，我的朋友们——家后的牵牛花、丝瓜秧、蝴蝶、蜻蜓……也都不见了。我想念夏天，可是夏天要等多久才再来呢。到了夏天，还可以穿起妈妈刚给我做的那条蓝色短裙，我多喜欢穿它！

想到那条裙子，我就来了一股子劲儿。

我翻箱倒柜，费了九牛二虎之力终于把它从箱子底翻了出来，裙子上有股很浓的卫生丸味儿，我脱下笨重的棉衣棉裤，换上那条短裙，冻得直起鸡皮疙瘩。我关上前后窗，拉上窗帘，打开炉门，很快壶里的水烧开，水蒸气弥漫开来，小屋暖和了。我穿着那条短裙，那条皱巴巴的散发着卫生丸味的短裙，再系上妈妈的那条紫色丝巾，打开灯，再把收音机打开，找点音乐当背景。我对着镜子，时而转圈，时而沉思，时而傻笑。我沉浸其中，常常因为一个幻想中的情境，一个人笑得在床上打滚。

玩饿了，我开始找吃的——

家里有一个矮橱，大人买回来的糕点水果都放在里面。柜门本来是有锁的，后来锁坏了，外婆就用一小段铁丝固定住两个锁环，铁丝缠得并不紧，拉开柜门时中间便有了一道空隙。那天，透过空隙，我看到两个红彤彤的苹果稳稳当当坐在里边。我想吃，把手伸进去，可柜门间的空隙实在太窄了，手被柜门的边勒得生疼，疼得眼泪都出来了。好不容易拿到了苹果，再咬牙忍痛慢慢抽回来。苹果是拿出来了，却已被挤扁，我的手腕也鼓起了两道红印，热辣辣的。

我不知自己何时睡着的，当我迷糊地张开眼睛，看见一张熟悉的脸。她看我，我看她，几秒对视后，我噌地从床上弹起来，是妈妈站在床前。我再看下自己，穿着裙子，系着妈的围巾，手里还捏着半块苹果。床上，散落着我脱下的棉衣，一片狼藉。妈还在看我，皱起眉，我忙低下头去，心里扑通乱跳。

一场暴风雨就要来临——

“把衣服穿上吧。”妈说，不再看我。我迅速脱下裙子，换上棉衣，又忙把床铺弄整齐。妈去做晚饭了，我稍松了口气，跟着又收拾桌子，摆上碗筷，待饭菜上桌，妈坐下，说了句：“折腾饿了吧，吃饭！” 我来不及端起饭碗，抬起胳膊夹菜时，从胳膊底下偷偷瞥了妈一眼，妈看上去脸色不好，好像很疲惫。她不说话，只是低头吃饭，我更不敢说。

后来才知道，妈的肚子里有了宝宝了！是这未曾谋面的小东西让我躲过了那顿骂，我不免对这个小东西有了几分好感，盼着她快点出生。

我在自己营造的虚拟世界里挥霍着旺盛的精力，虽给我带来快乐和满足，却常常伴随严重的后果，使我在进入这个世界时不免缩手缩脚。我一边在幻想的舞台上尽情表演，一边要不时抽身回到现实，撩起窗帘观察外面的动静，对后果的担心使我再也无法尽情投入，很快，我就对这种玩法失去了兴趣。

不久，我找到了另一种游戏取而代之。

## （三）

无聊寂寞的午后，偷窥——给我带来了极大的乐趣和成功感，我乐此不疲地穿梭在院里的各家各户，或躲在门后，或趴在窗台，一动不动地窥视着这个神秘陌生甚至恐怖的成人世界。我一天天长大，随之成长的还有我好奇的神经，它在我小小的身体里迅速生长，速度之快似乎已超过了我身体的发育，它已不能忍受在我的身体里备受压抑，它常常逃出我的身体，来到我的面前，回头对我鬼魅地笑。

那个炎热的夏季午后，当肥皂伯伯迈着大步走进院子时，它就是那样跳出来引领我走向陆家的院子……

我不知道他的名字，只是背后叫他肥皂伯伯，他常在走向院子尽头的陆家时，笑嘻嘻地给每家送一块肥皂，外婆洗衣服时，用起他给的肥皂时会说起他。

“他是转业军人……是肥皂厂的领导。”外婆这样说。

我像一条鱼，尾随其后，轻手轻脚进了陆家院子，屋门半敞，我踮起脚尖往里看，里屋的门帘被风吹得一掀一掀的，布帘下露出两个人的腿，紧紧挨在一起。这时候，我听到了陆大娘好像哭泣的声音和肥皂伯伯喘着气的对话从门帘里传出：

“你以后不要再来了……邻居们会讲闲话……”陆大娘说。

“你叫我怎么放心……他走了，我能活下来，老天就是要我来照顾你的。”

门帘是半截的，我看到两人的腿在下面不停地扭动。一只小蠓虫飞进我的鼻子，我忍不住打了一个很响的喷嚏，自己打蒙了，脑袋一阵晕。还没反应过来，肥皂伯伯那张通红的大脸就来到我的眼前。

“原来是你呀，站在这儿干啥呢……”他弯腰问我。

“我的鸡毛毽子好像踢进来了，我来找找。”我响亮地回答，试图用声音给自己壮胆，并同时配合皱起眉头，四下寻找。肥皂伯伯显然相信了，或者他比我更会撒谎，他做出无比相信的神态笑眯眯地问：“找到了吗？”

“没有。”我抬起脚想走。

陆大娘从屋里出来，把一个红彤彤的苹果递到我手上。

“拿去吃吧。”她笑着对我说的时候，我看到她的眼圈红红的。

我拿了苹果，扭头跑开了。

周日，大军子回来了，我去找他玩。午后的太阳烤得整个院子热烘烘的。头顶的晾衣绳上挂着好多衣服，散发着卫生丸味，那些衣服看上去古里古怪的，好像是什么毛皮做的，沉沉地把绳子都压弯了。阳光刺眼，我眯着眼睛仰头看去，有一件黑色袍子把我吓了一大跳，它那么长，缎子的表面在阳光下泛着光，它挂在那里，像一个人被吊在空中。我吓得一哆嗦赶紧低了头。

“谁家的衣服，这么怪怪的？”我问大军子。

“是范家的。”

“怎么从来没见她穿过？”

“这都是以前的人穿的。”

“像唱戏的人穿的，范奶奶以前是唱戏的吗？”我问。

“不是，听我奶奶说，她家以前是地主。”

“地主？那范奶奶是女的，就是地主婆了？就是坏人了？学校里教过一篇课文，叫《半夜鸡叫》，里面那个地主叫周扒皮……”

“嗯——我也学过，你没见她很古怪，平日里也很少和邻居们说话。”

“嗯，她的眼睛看人好可怕，不过，她也有好的时候。有一回，我路过她门口，她把炉子上刚烤好的馒头片给我吃呢！”

“你就知道吃！”大军子大人一样的口气。

我俩说了一会子衣服，也不知玩什么，就在院子里瞎窜，经过范奶奶门口，那么巧，她正坐在门口剥豆子，脚面前放一只竹篮，一只小白瓷碗卧在她的膝盖里。我想折回头，我不太敢靠近她。

“你俩又没处上了？帮奶奶剥豆子来。”范奶奶头也不抬地说。

这时候，巷子口传来很重的脚步声。

范奶奶剥着毛豆说：“这是谁来我们院子了，准是个男人，听听——，这脚步声，多重！”我们一抬头，那人已经来到了面前。

“肥皂——”我差点脱口喊出“肥皂伯伯”——这是我在背后给他起的外号。

“她在家呢，去吧——”范奶奶冲着他笑道。

肥皂伯伯笑着点点头，就往后面去了。我有些事想不明白，就问大军子：“为什么他要送我们肥皂，我们又不认识他。”

“他总来找陆大娘呀！”大军子说。

“他来找陆大娘为啥就一定要送我们肥皂？”我越来越糊涂了。

“那个男的有……”

“不要胡说，大人的事小孩子不要瞎打听……”大军子还没说完，范奶奶就不让他说了，还瞪了大军子一眼。我很怕范奶奶，尤其是她用极亮的眼珠子看我时。要不是和大军子一起，我可没有胆子和她说话的。

“小孩子不要瞎说，这个男的听说在部队时跟陆家是战友，后来陆大娘的男人死在战场上，人家是代表部队来关照关照。”

范奶奶又说。

“是的，肥皂伯伯是不放心陆大娘，所以常来看她……”我想起那天在陆家院子看到的情景了——

“什么放心不放心的……老人精似的？”范奶奶瞅了我一眼，我忙避开她的眼睛。

我真想说给他们听，那天在陆家看到的事，我想说，“我不放心你”这句话不是我说的，是我亲耳听到肥皂伯伯对陆大娘说的，我正想说出口，心里面又慌得不行。

大军子在一旁用胳膊碰碰我：“怎么了你，发什么呆呀？”

“没什么……我想回家了。”我站起身来往家里走。

我最终还是没说出那天的事。我吃了人家的苹果，要为人家保守秘密，我心里这样想。

不久之后的一天，我从外面回来，进了院子，陆大娘走在我前面，越走越慢，突然就走到墙根弯腰吐起来。傍晚，外婆和妈妈回来，我对妈妈说，陆大娘病了，我回来时看见她在吐，妈没有搭我的话，只是和外婆说：“他们决定要还是不要啊？”

“我听老陈说可能是要留下，男的老婆不会生，家里又是独子，好不容易有了……听说前两天，他带着老婆，两口子一起过来看的呢……”

“哦，那是想借陆的肚子生一个……”妈说。

“肚子怎么借啊？”我奇怪地张大嘴巴。外婆和妈都不理会我，各自做自己的事。我觉得无趣，也没有再问。

不久，陆大娘就离开了小院，搬到一个单门独院的房子里，是肥皂伯伯给她找的。一连几天，肥皂伯伯都来小院帮陆大娘搬家，一趟一趟的。那时，爸妈刚从农村上调回贝城，一家人虽团圆了，可是屋子太小住不下，也正想着搬家的事。那天，爸妈还有隔壁许大大在院子里聊天，肥皂伯伯正扛着一个饭桌走出来，看见院里的邻居，放下饭桌，笑着打招呼。

“要不要帮忙？”爸和许大大问肥皂伯伯。

“不用了，已经差不多了，再来两趟就完了。”

妈妈就向他打听房子的事，说我们最近也在找房子。肥皂伯伯特别热情地对妈妈说：“没问题，我帮你打听，这家房东是我战友，你们要是搬过去，我们能继续做邻居，再好不过了！”

“那真是谢谢你了！”妈说。

“谢啥呀，有空过去串门。”说完他笑呵呵地扛起饭桌出去了。

许大大看着他走出了院子，回头对着爸爸说了一句：“好男人啊！”

爸爸点头笑笑说：“这下好了，单门独院，不用挨家送肥皂了。”

## （四）

小院里的邻居们都相处得挺好，唯独范奶奶，她很少出门，有时看她买菜回来，或者坐在门口做点什么，之后她就回屋了，一整天门窗紧闭，不像院里其他奶奶们总是进进出出的。街坊们三三两两凑在一起家长里短的，也很少看到她的影子。大家似乎不太喜欢她，背后说她人古怪，都不太和她搭腔，她也不大主动和人搭讪。

只有在夏天的傍晚，晚饭后，邻居们出来散步，有时会看到她，穿着一件打着补丁的灰色绸衫，那件衣服她曾晾晒在院子里，搭在绳子上像一块洗碗的抹布，可是一穿到范奶奶身上，也不知为何，那衣服就不像抹布了，立刻就和她融为了一体。她穿着那绸衫，那灰色带补丁的旧衣服，摇着蒲扇一摇一摆地走过来。范奶奶是小脚，走路很慢，左摆右摆，像只螃蟹。有一次，我着急出去上厕所，走在她后面急得不行，就贴着墙，一下跨到她的前面去。她吓了一跳，身子晃了两下，白了我一眼说："小姑娘家走路，一点规矩都没有。"我低了头，心里面说："我怎么走路，你看你怎么走路的，像只老螃蟹！"

一个阳光刺眼的下午，我和大军子第一次走进范家昏暗的老屋。我的眼前一片灰蒙蒙，适应了屋内的光线后，眼前出现一大片黑色。它快速清晰起来，那是一张黑色雕花大床，床头已经褪色，床的上方罩一顶蚊帐，灰不溜秋的。屋里光线很暗，窗帘紧闭，空气里一股难闻的霉味儿。屋子正中是一张圆桌，也黑乎乎的，范奶奶正坐在桌旁，打量着我俩，用她发亮的眼珠。要不是大军子陪我，我绝不敢一个人来。

"范奶奶，你一个人住这么大的屋子，不害怕吗？"我忍不住小声问。

范奶奶脸上竟浮起笑容，我好像从没见她笑过，她笑起来的刹那，我对她的怕也融化了一些。

她笑眯眯地说："我怎么是一个人，我有他们陪着呢。"她说着转过身，手指着身后的墙，墙上歪歪斜斜地挂着一排镜框，边上沾着蜘蛛网，镜框里都是一些老人的黑白相，样子古怪，看上去可怕！

“他们虽都不在了，可还是没忘记我……”范奶奶指着镜框里很显眼的一张照片上的男人说，“他昨天晚上还来看我呢……”说完她低下头去，想起什么似的。

她用那么平常的语气说着照片上的人，好像他们不是死了，而是走亲戚串门子，过两天就回来似的。

我实在抵挡不住眼前这可怕的一幕，小身板儿晃晃的，脚底下轻飘飘的，随时要飘起来似的。大军子在一旁，我攥紧他的袖子，嘴巴一撇一撇说：

“我要回家——”

“你不是要借东西的吗？”大军子小声提醒我。

“你们来干啥？”范奶奶重新抬起头，两只发亮的眼珠，一聚光，照在我脸上。

“家里来客人，外婆想问你借一个盛鱼的大盘子。”我一边哆嗦着说，身体一边往门口挪，以便她递给我盘子的同时好一步跨出她的家。范奶奶“哦”了一声，挪着小脚走向碗橱，打开碗橱门，弯腰从最下面一层取出盘子。她把那个沉甸甸的青花瓷盘子递给我时，我看见了她的手，苍白得像死人一样，手指瘦得像枯树枝，一枚很大的金戒指戴在她干柴一样的手指上，显得极不相称。她抬起眼皮，看着我说：“别摔喽！这可是以前留下来的，景德镇的上等瓷。”我恨不得一步跨出这可怕的屋子，迫不及待地说：“我走了，外婆等着呢。”

晚饭时，外婆把烧好的一条整鱼用那只青花盘子盛着，放在桌子中间，她一边招呼亲戚，一边夹一块鱼要放在我碗里，我一看到那盘子就想起范奶奶干枯的手，赶紧挪开饭碗，头摇得像拨浪鼓。外婆皱起眉，执意要夹给我，我站起身，端着饭碗跑开了。

那天晚上的鱼，我一口也没有吃。

大人们有太多的事让我惊讶不已，以至于今天，我写下他们，总能隐隐地看到那时候的我，或躲在大人背后，或躲在墙角，或贴着门缝……睁大一双受惊的眼睛。在我的眼前，忙碌的大人们像鱼一样来回地穿梭，他们的脸时而清晰，时而模糊。我那根快速生长的探险神经，总让我处在莫名的兴奋与不可知的期待中，这种兴奋足以压倒要去范家带来的恐惧。

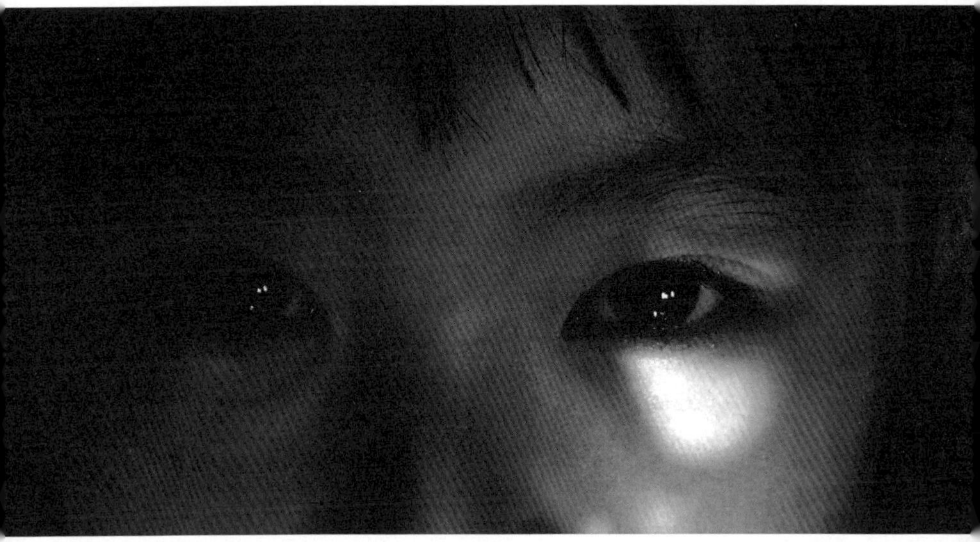

晚饭后，亲戚们陆续散去，外婆收拾完碗筷，把那个盘子擦了又擦，对我说，去，把盘子还给范奶奶——我有些迟疑，外婆说，愣着干啥，水开了，我要灌水瓶，你去，小腿儿跑得快。

我小心翼翼地捧着盘子，到了范家门口，门半掩着，灯光从缝隙中透出来，照在门边的炉子上，炉上的药罐，正噗噗地冒着热气，我伸头往屋里瞧。看见范奶奶正坐在桌旁，穿着那件带补丁的灰色绸衫，悠闲地摇着蒲扇，桌上摆着碗筷，看样子也是刚吃完饭。一个灯泡高高地吊在房子中央，只照见下方这张圆桌，以外的地方都没在昏暗里。我正要张嘴叫她，忽然看见范奶奶嘴巴在动，接着我分明听到了她在说话，我快速地环顾屋里，确定并无第二个人时，两条腿开始哆嗦，可更强烈的好奇又让我屏住气，努力地支棱起耳朵。

范奶奶一边悠悠地摇着蒲扇，一边说："小翠，去！把碗筷收拾了！"

她又转过头去，对着墙那边说："小红你过来！给我捶捶背……这群懒丫头……"

范奶奶继续摇着手里的蒲扇。一只玉镯子正戴在她的手腕上，随着扇子的摇动在灯光下很惹眼。她微微地昂起头，闭上了眼睛，仿佛此刻真有一个人在她的背后捶着她的背。

突然，有一只耗子从门后边嗖地进入那一片光区，在她的脚下停了停，黑暗中两只眼睛贼亮，又从她脚下猛地窜到雕花床底下不见了。范奶奶"啊"的一声站起来，身子前后摇晃两下，好一会儿，她僵在那里不动。接着，她一只手扶着桌子，身体慢慢坐下去，两手捂着脸，开始呜呜地哭起来，她的肩膀随着抽泣上下抖动着，头深深地埋了下去。我呆立在门口，完全吓傻了，当她正要再抬起头时，我赶紧转身离开，那个瓷盘子又被我拿回了家。

有时，我仍会在院子里看见范奶奶，买菜回来、出去倒垃圾，仍喜欢穿着那件有补丁的灰色衫子，但是她手腕上的玉镯和手指上那枚硕大戒指，却从未看她戴出来过。

## （五）

我一个人坐在家的门槛上，两手托着脑袋发呆——我不是在发呆，此刻正盯着一只小猫，脑袋里开始天马行空。

小院里不知何时来了一只小猫，米黄色的毛，摸上去软绒绒，大眼睛晶亮晶亮的，很招人爱。外婆见了说，这小猫咪刚生下来没俩月，准是找不见妈了。外婆随便扔点吃的给它。小猫有了吃的，就每天来了。一进院子先喵喵叫，像是在问，有吃的吗？隔壁许奶奶把一个废弃的纸盒子放在大榆树下，这样，猫咪不走了，猫咪睡在纸盒里了。我有时把吃剩的鱼骨头放在手心里，喵喵地唤它，它立刻走过来吃一个不抬头，吃完伸出舌头舔舔胡子，又舔舔我的手心，痒痒的，真好玩！

妈妈在一旁叮嘱我说：“你要记住！不能拽猫咪的尾巴。”

“拽了会怎样？”我问。

“会死！”妈干脆地说。

后来几天，同样的问题我又问了几次，而每次都得到斩钉截铁般的相同回答。我的大脑开始莫名兴奋，那根好奇神经渐渐苏醒，它与生俱来，一直冬眠在我身体的某个角落，此刻它听到召唤，它醒了，它直立起来，它跑出我的身体并在我的眼前摇曳。

不知从哪一刻起，我开始长久地盯着那只猫，并幻想提起它的尾巴摇来晃去的情形。每幻想一次，诱惑便增加一分，很快这诱惑开始指挥我的大脑发出指令，我开始像一个职业杀手般等待着行动机会。

一个下午，外婆不在家，隔壁许奶奶和陈奶奶也都不在家，院里很安静，猫咪吃饱喝足就蜷起身子在树荫下睡觉了。我开始了行动，轻手轻脚地走过去，先是把小猫慢慢地拨弄醒。它张大嘴巴伸直爪子舒服地打了个哈欠，然后眯缝着眼睛懒洋洋地看我，我慢慢地试着提起它的尾巴，同时注视它的反应，果然小猫立刻瞪大眼睛，接着它用力勾着头想咬我的手，但它毕竟是太弱小了，费了半天劲也够不着我的手。我开始拎着它的尾巴小幅度地摇来荡去，它立刻发出我从未听过的奇怪叫声，这叫声让我有些不寒而栗。我立即结束恶作剧，一放下它，小猫就逃命一样地跑了。

那个下午，初探禁区让我尝到了满足，但却诱发了更大的欲望。

第二天，小猫咪又出现在我眼前时，不再喵喵地叫，也不偎我了，但依然活泼，它向每一个经过的邻居发出惹人怜爱的叫声。我盯着它，又想起妈的话，可小猫看上去似乎没有要死的迹象……多么令人扫兴！我竟有一种说不出的失落或是什么，我不知道，我说不清，道不明，清楚的是，欲望再次升起…… 我走近，提起猫的尾巴，开始三百六十度转圈，转得速度太快，我无法看清猫咪的表情，只听到耳边一声高过一声的惨叫，这声音并没能让我停止对它的折磨，直到我把自己转晕，这才作罢。它从我手里挣脱，叫声变得有气无力且颤抖着，歪歪斜斜地逃走了。晚饭后，我出门倒垃圾，看见猫儿蜷缩在墙根儿，大人们唤它，筷子夹着鱼骨头喵喵地唤它，它无力地抬起头看看，并不过来。大人们说这猫怎么不欢了，兴许是病了。说完，也就各忙各的去了。

次日凌晨，我出门上学，看到那只小猫躺在院子口的榆树下，许奶奶正拿着一块布包了它。外面响起收垃圾的铃铛声，许奶奶包着它出去了。我站在那里，心里不知什么滋味，也许后悔，也许难过……都有吧，但绝没有兴奋，对拎起猫儿那一刻的快感更是荡然无存，我迷恋的是踏入禁区的过程，当妈妈的话变成现实瞬间来到时，我无所适从，在那一刻我甚至感到了害怕，我想起了小猫那双晶莹透亮的眼睛，之后的几天，这双眼睛都在我的梦中出现。这一童年经历给我带来了心理阴影，之后的日子里，我养过不同的宠物，狗儿，鸟儿，乌龟，白兔，金鱼……却再也没养过小猫。

我五岁生日那天，妈买了一个玩具算盘给我做礼物，当时我和几个小孩正在家门口的路边玩耍。妈把礼物递给我并嘱咐我说："算盘很小，注意不要掉进阴沟里去，掉进去可就拿不出来了。"妈说完便回家了。

我和小伙伴们玩了一会儿，拿着小算盘离开大家，独自一人往前走，在一个有窨井盖的地方停下。我蹲下来，拿着算盘开始试着往窨井盖的缝隙里塞，但我的手抓得很紧，我担心一不小心它会滑入阴沟，我只是想测量一下算盘能否顺利通过窨井盖的缝隙，我并不想把它塞到阴沟里去。我喜欢这个玩具，妈妈给我的生日礼物，我刚拿到手还没玩呢。这一幕，被站在一旁的妈妈看见，她那时出来喊我回家吃饭，她看见我时，我正专注地蹲在那里把玩具往窨井盖里塞。

妈的那一眼看得那样深，似乎能穿透我的身体看到我的心里去……

第二天，小猫咪又悄悄地出现在院子里……我盯着它，又想起妈的话，可小猫似乎没有要死的迹象……

# 二　马儿你慢些走

## （一）

出了院子，是一条僻静的小街，两边都是住家，没有店铺。只有一家私人诊所，也是本家房子，开诊所的人家姓马，家里世代中医。

马家房子很是宽敞，向着街就是一溜三大间，后院一个天井，连有三间小偏房，向街的堂屋专给病人看病把脉，另两间一间用作针灸推拿，一间配药煎药。马大夫五十岁上下，高个儿，长脸盘儿，头发乌黑发亮，脸色红润，两眼明亮清爽。马大夫医术好，收费又公道，街坊有个头疼脑热的都来找他。他在这一带出了名，诊所里总是人来人往，热闹得很。马大夫没有儿子，却有三个如花的女儿。老伴几年前去世了，诊所里里外外都是他一个人张罗，忙起来两个大女儿会帮忙打打下手。

三个女儿里，那最小的女儿最惹人注意，她的大名叫啥，我不知道，只知道大人们都叫她“马大夫的小三子”，或者干脆叫，“三儿”。

一到冬天，外婆的老寒腿就犯了，她总去找马大夫针灸，每回我都像个小尾巴跟在后面，外婆针灸，我没事做，就往马家的堂屋里钻。上了台阶，跨过门槛，迎面墙壁上挂有一块横匾，上有“妙手回春”四个大字。堂屋正中是一张八仙桌，桌面乌油发亮，放有一方棉垫，马大夫坐在固定位子上给人把脉看病。

另一面墙上挂有一个相框，里面好些照片。来看病的大人等候时常指着镜框里的同一张照片小声说，瞧瞧，三子小时候，多讨人喜欢……他们还说，这三姐妹里数小三子长得最好，眉眼儿最像爸爸……马大夫呀最疼这个小的。我好奇，想看看照片里的三子是个什么样儿，就凑上前去踮起脚尖。那照片里就是个小姑娘，看上去和我差不多大，两只圆圆的大眼睛，扎两个朝天辫儿，歪着头对着我笑。

当相框里的马家小三子第一次出现在我视野里时——

她是个大人，而且，她还是个疯子。

她不仅是个疯子，还是个瘸子，

她断了一条腿……

## （二）

她常常拄着拐，安静地出现在小院外长长的石板路上，走得很慢。路人经过时常回头多看她两眼，说："看，马家的小三子！"有些男人不仅多看她两眼，还会嬉皮笑脸地说些我听不懂的话。

记忆中，她有一张圆圆的脸，苍白没有血气；两条长辫子，垂在后背，她弯下腰时，辫子滑落到胸前，她熟练地用手一甩，把辫子甩到后背。她做这些时，和常人没什么不同，但当她回过头来，用眼睛看着你时，就觉得有点不对劲了——那眼睛又大又深，眼周围泛着一圈青，她看你时，像是在看你，又像是长久地盯着一个地方，那眼神和常人不同，好像是有些问题的。

她好像来自另一个世界，被谁随便一扔，扔到了这里，这里的一切她全然不知。她像个幽灵般地出现，飘过，消失，没有声音，没有表情。

"她是不是哑巴？"我问外婆。

"小时候唱歌，嗓子银铃儿似的，怎么会是哑的。" 外婆说。

我的内心里竟有了渴望，渴望她苍白的嘴唇，在某一天能发出声音。我不知这说不清道不明的等待持续了多久。终于在一个平常的下午，我听到了她喉咙里发出的微弱哼唱……

玲玲用橡皮手套做好了一条崭新的皮筋儿，来找我一起跳。

玲玲住在对面的院子里，比我大两岁。我和她要好，因为她愿意和我玩儿。

我小时候笨得很，什么跳皮筋踢毽子……这些个女孩的游戏我都不灵，女孩们分组比赛跳皮筋儿，跳大绳，哪个组都不愿意要我，嫌我累赘。玲玲的家原本不在贝城，她的爸爸是军人，随部队南下来我们这里落户，她才搬来时间不长，和附近的孩子不太熟络。我俩好几次在院子口碰到，她歪着头对我笑，额前一排蓬松刘海儿，一笑起来嘴角边旋进去两个酒窝，露出两颗俏皮的虎牙。

我也对着她笑，心里面都想和对方打招呼。

“你是住这院儿的？”终于她先开了口，指了指身后的院子说。

我和玲玲立刻成了好朋友。

每次，只要玲玲在巷子口叫我，我都会一溜烟地跑出去，哪怕饭还没吃完，哪怕外婆大声地阻止。别笑我！我好不容易有了一个朋友，珍惜得不行，就怕失去。

玲玲说的是普通话，那声音真好听，像是从收音机里传出来的，还总爱卷舌，我说“院子”，可她说“院儿”，我说“巷子”，她说“胡同儿”……我们在一起有时就互相教对方说话，我教她说我们这里的话，她教我说普通话，我跟她学，把舌尖往上翘着说：“好玩——儿。”“学得真快！”她望着我很认真地说，“你跳皮筋儿学得慢，可是说话却是一学就会，声音又好听，将来准能做播音员，去收音机里工作。”

没想到长大后，我真的做了播音员。当我第一次听到自己的声音从收音机里传出来时，不知为何，我想起了小院时的玲玲，我多想见到她，对她说，你的预言真准！玲玲听了，该是怎样的惊讶表情，她一定会笑得很开心，露出好看的酒窝。

可是玲玲，你又在哪里呢……

我们把皮筋一头绕在电线杆子上，另一头绑在大枣树上，边跳边唱：“大红枣儿甜又香，送给那亲人尝一尝。”从两头往中间跳时，要跳一个花步才能相互错开，我总跳不好，一到中间就和玲玲撞在一起，“哎哟——！”玲玲抱着我的腰说：“又错了，真笨。”玲玲说我笨，我不生气，反觉亲切，我在心里早已把她当成了姐姐。

我总跳不好就耍赖了，说腿肚子抽筋，于是我和玲玲就靠在墙根歇一会儿，我一转头，巷子口出现了一个人影，她从小街拐进，拄着拐杖慢慢朝巷子里走来，我一眼认出是马大夫的疯女儿。玲玲刚搬来这里，没见过她几回，但知道她是疯子。玲玲拽着我的衣服说：“疯子来了，咱们快走吧！”这时候，她不像姐姐，我倒变成姐姐了，我极力用大人的语气对她说：“不用怕，她不打人的。”嘴上这么说，可心里也七上八下地打鼓。那疯子走了几步，远远地停下了，歪着头看我们；接着，她又抬起一只脚，很明显是朝着我们走过来。我和玲玲吓得撒腿就跑，皮筋儿也没来得及解下来。我俩躲在院门后边，我想看看疯子要干什么，就小心探出头来。玲玲呢，她两手抱紧我的腰，脸贴着我的背，头也不敢抬，却一个劲儿问：“看到什么了，看到什么了？”

我看见她走到我们玩的地方，先用拐杖碰了碰皮筋儿，接着一条腿蹲了下去，另一条断腿的裤腿儿空悬在那里，不停地抖着。当她蹲下时，一条辫子滑到她的胸前，辫稍垂在了地上，身子一动不动竟轻轻地哼唱起来：“大红枣儿甜又香，送给那亲人尝一……”突然地，像被什么惊了一下，她不唱了，脸上的笑容同时收住，抓着拐杖吃力地站起来。站在原地东张西望了一会儿，又继续往前走了。

我们一直看着她的背影消失在巷子的另一头，这才从大门后面出来。

“刚才吓死我了！”玲玲说。

“她经常来这里，你不用怕的。”

“她也会跳皮筋儿？”玲玲问。

“我听外婆说，她小时候会唱会跳，不是现在这样的。”

那天，我和玲玲一直跳到天色暗下来，外婆喊着吃晚饭了，家家屋里都亮灯了，才各自回家去。那天，我终于会跳那个花步了。

她常常拄着拐安静地出现在小院外长长的石板路上……她像个幽灵般地出现，飘过，消失，没有声音，没有表情。

（三）

我们这一带的人，有个头疼脑热的无非去两个地方，一个是东风一街的黄永昌药店，让坐堂的医生开个药方在店里抓几服中药回家熬了喝，再就是去马大夫的私人诊所。那年冬天的一个星期天，外婆带着我来这里针灸她的老寒腿。

这间专门针灸推拿的屋子很宽敞，屋内摆着椅子和几张床铺，屋顶很高，但屋内光线昏暗。有时一束阳光从高高的天窗透进，刺得人睁不开眼，阳光以外的地方显得更加暗了，大片的昏暗里，很多老人，坐着，躺着，身上扎着针，他们有时咧嘴，有时皱眉，嘴里不时哼哼："哎呦！酸呀！疼呀！"马大夫在他们中间查看询问。我觉得这老屋阴森森的有些可怕，便偎在外婆旁边，看着眼前的老头老太太，我心里想，人到老了是多难看呀。

这时候，在他们之中我看见了一个年轻女人的背影，在我的前方，背对我坐着，背上那两条乌黑的辫子，那么熟悉，莫非她是——，我越这样想，就越想看究竟。当马大夫走过去时，我也跟了过去，外婆急得喊："不要乱走，当心碰到人。"我不听，反正她腿上扎着针，没法起来追我。

我跟着马大夫绕到年轻女人的前面一看，没错，正是他的疯女儿。

虽然她常来我们巷子，可我总是远远地看，从不敢走近，可现在，她就在我面前，离我那么近，近得一伸手就能碰到，我虽是有些怕，但有马大夫在一旁，就好得多了。眼前的她，头发里插着针，一缕阳光正从后窗户射进来，她整个身体都笼罩其中，头上的银针在阳光里微微发颤。

这下我看清楚她的脸了，这是一张多美的脸庞啊！

脸色虽还是苍白，但此刻有了一丝血气，有些微微发红，那双大眼睛似乎也不像平日里木呆呆的，黑眼珠有了光泽，两片薄薄的嘴唇也有了些许血色，微微张开，想说话似的，她看见了马大夫，眼睛立刻围着他转，我站在马大夫旁边，她的眼睛就转到我身上了。她能认出我吗？我这样想着，可她的目光很快滑过我的脸看到别的地方去了。

她没有认出我。

马大夫小心地把她头上的针一一取下，她抬起手抓了抓头发，接着把脸埋进了马大夫胸前。马大夫那天穿了一件夹袄，扣子敞开着，她抓着夹袄的衣襟蒙住脸，脑袋在里面来回地蹭。蹭了几下，抬起头盯着马大夫的脸看一看，又把脸埋进夹袄里去，她反复着这个动作，好像在和爸爸捉迷藏。旁边一个腿上扎满针的婆婆直起身子凑近马大夫，小声说："三子好像好点了，你看，认得你哩！"

"嗯——好些了，可还是明白一阵儿，糊涂一阵儿……"马大夫看着小三子说。

那婆婆又转向小三子，伸长脖子小心地问："三子，认得我么？我是你隔壁刘姑姑……"她的眼睛转向了那个婆婆，头歪了歪，但马上垂下眼皮，又钻到马大夫怀里去了。

"慢慢来……总会好的！"那婆婆又对着马大夫说。马大夫抚摸着三子的头，弯腰附在她耳边小声说了几句什么，我看到三子慢慢地松开了紧抓着夹袄的手。

马大夫转身去看别的病人了。

外婆一个劲儿地叫我，我回到了外婆那里。

“你怎么那么淘呢，要是撞到人怎么办，身上都扎着针呢……看我干啥，我说话你听见没有？”外婆伸手要拧我的耳朵。我连忙点头说听见了，可眼睛还一个劲儿往刚才的地方瞟，心里在想：那个小三子看上去多么漂亮，就像妈妈给我买的《安徒生童话》里那个睡美人。

## （四）

也许她在诊所里的安静与美丽，尤其是她把头埋进马大夫怀里，那份如常人般的父女亲昵让我淡忘了她是“疯子”的事实。几天后，当她又安静地出现在小巷时，我居然和她说话了。

那天学校里放假，外婆去上班，我一个人在屋里闷得慌。想着也许对门的玲玲也放假呢，就走出院子去找她。一出院口，远远看见墙根站着一个人，一看是她——马大夫的三子，她也正往我这边看，看见了我，竟对我笑了，接着抬起一只手，像是招呼我过去。我站在那里不知怎样好，想起了几天前诊所里的那一幕，心里想着她是不是治好了，认得出我了。她那样歪着头微笑着看我，好像在鼓励我走过去，我看着她，我的脚不由得抬了起来，我真的走了过去。

“叫什么名字？”当我走近她时，她开口说话了，这是我第一回听到她说话，细细柔柔的，真是好听。

“蓓蓓。”我提高嗓门大声地回答。也是给自己壮壮胆。

“哦——，蓓蓓灵气！‘大红枣’唱得好听哩。”

我吃了一惊，她竟然还记得那天的事？她一定是治好了，我心想。

“你还会唱什么歌？”她笑着问我。

“马儿你慢些走！但是……只会唱几句……跟着收音机学的。”我有点不好意思。

我刚说完，她的眼睛忽然睁得老大，眼睛里放射出很亮的光。

“你——你也会唱这歌？”她问我，嘴巴半张着。

还没等我回答，她又说：“我可喜欢唱这歌了，每次大队里搞活动……我一唱完……听的人巴掌都拍红了。”

“什么大队活动？”

她并不回答我的问题，只顾自己讲下去。

“他……每回都坐在第一排……他说，他最喜欢听我唱这首歌……”

她说着，眼睛不再看我，而是掠过我的头顶看着前面，好像前面真有一个舞台，她正站在舞台上唱歌。她说的时候，眼睛里闪着光，脸色红扑扑的，很好看！

可能是说得太急，有点累了，她又靠回到墙上，把拐杖靠在一边，定了定神，转头又对我说：“等我回城了，我来教你唱歌，好吗？”她眼睛看着我，似乎在等我回答。

我听不懂她的话，张着嘴不知说什么好。

此时一声刺耳的汽笛声响起，由远及近，紧接着是火车隆隆碾过车轨的声音。不远的车道口又来火车了，每天的固定时间，都会有一列火车从那里经过。

她像是被什么猛地扎了一下，立刻收住声音，脸上显出惊慌的表情。突然，她一把攥住我的袖子，带着哭腔说："火车——！火车——！"她看着我，眼睛睁得老大，像是无助的孩子看着她的妈。她急促地喘着气，胸脯一上一下地起伏。样子可怕极了。我想跑，可她死死攥着我的袖子，那么紧，我挣脱不掉。这时候，她的声音由哭忽而又变成大声惨叫：

"妈呀！妈呀！有火车——！火车——！"

她大叫着，身体像被抽掉了筋一样，贴着墙瘫软地滑坐到地上，缩成一团，剧烈地颤抖。我趁机甩开她的手，撒腿就跑，一直跑到巷子的尽头。

我远远地看着她，我看着她，我的眼泪流下来了。她是多么可怕啊！可又多么可怜啊！马大夫，我想起了马大夫，我想撒开腿跑，跑去马大夫家，告诉他三子犯病了，可我的腿怎么也动不了，它在不停地打颤。

我的头顶这时候感到有一双大手在抚摸，回头一看是院里的许大大，我"哇——"地一声放声大哭。

"大大——！我怕！"

"是被疯子吓的吧？走，我们回家去。"

许大大把我带回了院子。也许是下午的事受到了惊吓，吃完晚饭，我的脑袋昏昏沉沉，困得眼睛都睁不开了。

外婆说："赶紧睡吧，肯定是被吓着了，看你下回还敢不敢往她跟前凑。"说完外婆走过去铺床，让我睡觉。妈前两天从乡下回来了，今天一天都在外面办事，刚回到家，正忙着收拾东西，明天一大早的火车就要回。

“怎么回事？”妈看着我问。

“马大夫的三子下午来到巷子。开始好好的，还教我唱歌呢，后来道口的火车来了，她就吓得瘫倒在地上，不停地喊妈。”我对妈说。

“还教你唱歌？你不知道她是疯的。”

“可一开始，她根本就不像疯的，我以为她治好了。”

“胡说！疯子怎么能治好？”妈瞪了我一眼。

我有说不出的委屈，心想，你又不常回来，又没看见那天诊所里的情景，可是我又说不明白，眼泪就要出来了。

“现在哪里不舒服吗？”妈又问我。

“没有，就是脑袋昏沉沉的，想睡觉。”

“那就赶紧睡——，以后离她远一点。”妈气呼呼地说。

我脱了衣服上床，头一挨到枕头，眼皮就开始打架，迷迷糊糊中听见妈问外婆：

“……听说小三子的腿是火车轧断的？”

“是的，幸亏发现早，送了医院，小命是保住了，可一条腿没了。”外婆说。

“听说是因为回城的事？”妈问。

“这丫头从小喜欢文艺，人长得又好，下到农村也是什么文艺宣传队的……天天哭，想家……后来被一个村干部看上了，说是跟他好了就给她回城，结果让那个男的占了便宜……回城指标里又没有她……肚子一天天大了……她在家最小，马大夫又最宠她……哪经得起这个打击……卧轨寻了短见……救活以后人就这样了。”外婆把一包包东西往妈的旅行包里塞，又对妈说：“回去要注意身体，你这次回来，面色不好。”

外婆说着从口袋里掏出钱来塞给妈说：“拿着，回城的事，免不了要请客送礼。”我看见妈迟疑了一下，接过钱，放进口袋。

“上回不是说办得差不多了吗？”外婆接着问。

“本来是差不多了，可后来我的上调名额被县长的媳妇突然顶了去，现在正托关系想办法呢。”妈低头边整行李边说。

我听了她们的话，又有问题想问，可我实在是太困，嘴巴张不动了，我的眼皮一合上，脑子里就现出下午的情景：她瘫倒在地上，浑身打颤的样子。我在被窝里也哆嗦了一下，外婆走过来问我，怎么了，是不是要尿尿？我摇摇头，外婆没再走开，身子靠在床头和妈说着话。我睡了。

此时一声刺耳的汽笛声响起，由远及近，紧接着是火车隆隆碾过车轨的声音，我知道这是不远的车道口又来火车了，每天的固定时间，都会有一列火车经过我们这里。

（五）

她偶尔清醒的时候，对周围也有正常反应。

有一回在巷子口，几个男人从她身边经过，指着她的裤子嘻嘻哈哈地问："三子，你裤子后面咋了？"她怔怔地看着他们，半晌，怯怯地说："来……来红了。"说完就不停地扭动身体，一只手伸到后面去捂着裤子。几个男人同时发出刺耳的爆笑，满足地走了。后来，那几个男人再碰到她时，故意逗她："三子——你的裤子后面怎么了？"她会马上想起什么似的说："来红了。"这样的对话三两次之后，她像是被训练成了条件反射，只要听到这一句：你裤子后面怎么了，她立刻像士兵报告上司一样响亮回答："来红了。"在男人们突然爆出的哄笑中，她惊得身子猛一哆嗦，接着孩子般哇哇大哭；但有时在愣神之后又会突然放声大笑，笑很久，男人们都离开了，她还站在那里，笑一阵，停一阵。

周日的一天，吃过午饭，外婆要睡午觉，我想出去玩，她不给，说大中午的日头毒，会晒出病。我正缠着她要出去，这时候听见院子外有人在唱歌。

"这是谁呀？大中午的唱歌？" 外婆说。

"我去看看！"没等外婆答应，我一步蹿了出去。贴着许家的屋山墙往外一看，是她——马大夫的小三子，一个人拄着拐站在大太阳里，头顶一块湿毛巾，正冲着对面院子卖力地唱着那首《马儿你慢些走》。石板路上一个人也没有，大太阳悬在头顶，往下泼着火，地面上的热气直烤我的腿，我觉得腿要被烤干，皮就要裂开。我远远地站着，不敢发出声响，更不要说靠近她了。

她卖力地唱，对着紧闭的院门。我看到她的后背汗湿一大片，衣服黏在身上，她的歌声和着树上知了的叫声让人脑袋发昏。忽然，院门猛地拉开，冲出来一个女人，那女人我认得，就住在玲玲家对门，经常和她的男人吵架，凶得很。女人头发蓬乱，穿着松垮的衣服，像是刚从床上爬起来。一步跨到她的面前，掐着腰，扯着破锣似的嗓门说："唱什么唱，号丧呢！刚想睡一会儿，被你这一嗓子搅得……"

她略停一下，紧接着继续歌唱："你慢些走哎——慢些走——哎——"那女人对她做着轰鸡的动作："去！去！去！你快些走哎！快些走！"说完，"砰"一声关上了大门。

声音停止，她不唱了，立在那里，来回左右地看。

我心跳得厉害，怕她又像那天发病。她的头转向我这边，目光就要和我相遇时，我赶紧把头缩回去。过了一会儿，我重新探出头去，她已经拄着拐一步步往回走了。我长长地舒了口气，心里想着她快点回家吧。

几个附近的男孩这时候走进巷子，远远看见她，立刻兴奋地大叫："快看！那个唱歌的疯子。"其中一个又扯着嗓子唱起来："马儿——你慢些走哎——慢些走哎——"一边弯腰捡石子从后面追着砸她。她拄着拐踉踉跄跄地往前冲，几个男孩继续边跟边唱："马儿——你慢些走哎——别走那么快哎！"她停了下来，抬起手里的拐杖向后面抡过来，大声骂着。当然是打不到的，拐杖刚抡起来，男孩们就笑着一哄而散。倒是她自己用力太猛，往前一冲，差点摔一跤。

我一眼看到院里的小军子也在其中，跟在后面一脸得意，也不知哪里来的勇气，我掐着腰，冲他大声说：

“小军子！不许扔石头！再扔我就跟许大大说，把你屁股打开花！”

小军子一下愣住了，鼻子哼了一下，鼓起眼睛看着我。我不示弱，昂起脖子看着他，眼睛不眨一下，几秒对视后，他扔掉手中石头，跟那几个男孩跑了。

夏天的晚上，街坊们在巷口树下乘凉，不知何时她就站在一边，开始了她的歌唱。

开始时，街坊们会说：

“可怜的三子呀，她死去的妈要是知道，不知道该多伤心。”

“小时候，那个灵气劲儿，讨人喜欢呦！”

婆婆们你一言我一语地说上很长时间，伴着叹气声。

可是，她一次次地站在那里忘情高歌，很快，大家开始露出厌烦的表情。不再提起她小时候如何可爱现在又如何可怜了，有年纪大的婆婆连哄带骗地对她说：“三子，去那边唱去！那边人多！去吧，去吧！”一边拿着蒲扇做出轰她走的动作。

她似乎也听得懂的，拄着拐去了。

她越来越喜欢唱，在巷子里，在诊所外，在大街上——

有一次我早上去学校，经过马大夫家，看见她站在家门前的台阶上，朝着面前的马路放声地唱。路人也不再多看她两眼，赶着上班的上班，上学的上学，孩子们看到她便远远地绕开。她唱到高音时，声嘶力竭，尤其是嗓子喊破的一刹那，让人毛骨悚然。人们经过正巧她唱到高音时，都捂起耳朵皱起眉快走两步。马路上时有卡车驶过，扬起一路灰尘，路人捂着鼻子，加快步伐。她却依旧张着嘴卖力地唱，大口地呼吸着扬起的灰尘，之前的一头长发不知什么时候剪了，长短不齐地粘在前额。

沉浸在自己的歌声里，她唱得那样地投入。

那条断的腿悬在那里，不停地抖着——

她，彻底地疯了——

## （六）

二十年后，我回老家。一次，陪妈妈去楼下市场买菜，她指给我看不远处轮椅上的女人说，她就是当年那个马大夫的疯女儿。我一脸的惊讶，为何她会在这里出现？妈说，她现在住在养老院里，这家养老院就在菜场附近。

我走近看，看清了她的脸，依旧是年轻时的圆脸，但大了一圈，不知是胖还是浮肿，面色土灰，穿一件同样土灰的衣服，扣子扣得七扭八歪；头发乱蓬蓬的，一双眼睛依然是大的，目光却木刻一般，年轻时偶然间的闪烁也已不再，身体仿佛退化，瘦得一小把，整个陷在轮椅里。

然而依旧是唱，底气已然十足，对着眼前的菜市场唱着那首《马儿你慢些走》，我注意到轮椅后面站着个男人，看上去五十岁上下，农村人模样，黑红脸膛，一手端着茶杯，另一只手拿一条毛巾。这人是谁，我问妈妈。妈说，听养老院的人讲，他就是当年欺负了她的那个大队干部，最近时常来养老院看望她。

我看着眼前这个男人，背稍有些驼，头发几乎全白，她唱的时候，他并不去听，也不去看她，只是看着路过的人，表情似有歉意。当她一曲唱完，他的目光立刻回到她身上，微笑着轻拍她的肩膀，好像以示表扬。接着递过茶杯，她喝上两口，再递上毛巾，她擦了额头的汗水，她做这些时脸上没有表情，也不看他，稍作休息后，又开始了演出。

我一直站在不远处，终于，她停止了歌唱，又过了一会儿，男人推着她慢慢往养老院走去，我的眼泪这时候涌出了眼眶……

然而依旧是唱，底气依然十足，对着菜市场唱着那首——《马儿你慢些走》。

# 三 梅姑姑

## （一）

七十年代初的中国，房子是怎样造的，我不知道。我唯一知道的，是那时候的房子基本不太隔音。

小时候，我们在院里常从这家窜到那家，耳朵贴住墙，这边咚咚一敲，墙那边立刻咚咚地回应。后来，不知谁说把练习本卷起来当听筒，会听得更清楚。于是乎，那段日子我们每人手握一本练习簿，没事就放到墙上，偷听隔壁人家的动静。这个游戏，让我们在很长一段时间里都乐此不疲。

那时我五六岁，一定没想到，它能为我今天的写作带来鲜活的素材。那些故事当年从墙的那一边徐徐飘来，飘进女孩的耳际，沉淀在女孩的心里。几十年后，这些故事常会在某个不确定的时刻悄然来袭，像夜晚河面上缓缓升腾的白雾，柔软而妖娆。此时，有很多张面孔在雾气中时隐时现。其中，一定有一张年轻女人的脸，光洁的前额下有一双雨雾般的眼睛，两条乌黑的辫子搭在肩上，她微笑着看着你，那样安静而美丽，如夜空中一轮皎洁的月亮。

她——是小院里的梅姑姑。

梅是院子里陈家的大女儿，院里的大人们都叫她梅子，我叫她梅姑姑。

六岁那年，我的个子蹿高了一大截，去年的衣服上了身紧绷绷的，袖子抽在胳膊上。妈带我去东风一街的美琪布店，挑了一块蓝色碎花布，让店里的赵伯伯给我做一条短裙。赵伯伯是店里最老的店员兼裁缝师，活计好态度又好，街坊们逢年过节做新衣都来找他。赵伯伯取下挂在脖子上的软尺给我量尺寸，说："妞妞长高啦！"妈指着我对赵伯伯说："瞧瞧，这才多大点儿，就知道要漂亮，吵着要穿裙子喽！"

裙子终于做好了，那是我平生第一条裙子。

在那年整个夏季，街坊们常能看到一个穿着蓝色短裙的女孩，蹦蹦跳跳地出现在夏季灿烂的阳光里，额前的头发斜斜地梳个小辫，辫梢上系了条同样颜色的头绳，那是赵伯伯用做裙子剩下的布头儿给我做的。从那时起，我开始有了对漂亮的最初欲望。而在小院时，梅——便是我对漂亮的全部理解。

大人们总说梅长得美，我也觉得是，尤其是她长长的睫毛下，那双水汪汪的大眼睛，好像会说话；皮肤不很白皙却细腻光滑，像泛着一层光；乌黑的头发梳成两条麻辫子，走路的时候两条辫子就在她的肩头摆动。有时候她把头发散下来，用一条手绢儿松松地揽着，那常是在夏天傍晚，她洗完澡，穿一件白色圆领衬衫，枣红碎花棉绸裙子，脸颊红扑扑的，半干的头发散发着水汽，用条手绢儿松松地绑在脑后。她走过我身边，飘过一阵冷蝶霜的香脂味儿。那时候，常有一个男人来找她，男人的样子我完全不记得了，只记得梅就这身打扮和他一同出去。有时两人手拉着手，一碰到邻居，梅就赶紧抽回手来，羞得低下头去。

妈从乡下回来了，我缠着她去东风一街的百货铺子买了一盒冷蝶霜。打开盖子，揭开锡纸一闻，真香！有梅姑姑的味道。我洗完脸，也要抹一点在脸上，外婆看见说："小妖精！这么点儿就知道要美！"

梅见人不大说话，总是低头笑笑，腼腆得很。院子里的大人们都很喜欢她，人前人后总夸她又漂亮又懂事。我也喜欢她，只要梅一出现，我便粘着她不停地叫——"梅姑姑，梅姑姑"，什么也不为，就想和她亲近，想她回头对我笑，想她有时会塞给我一颗大白兔糖。梅一笑，我的心里就甜了，这甜和吃糖的甜是不一样的，糖吃完就不再甜了，可梅姑姑的笑不是，想起来几回，心里就甜几回。

梅的母亲——陈奶奶，是一个地道的上海女人。个头不高，背有点驼，小脸盘，尖下巴，齐耳的短发从额头一直梳到脑后，耳边夹两支发夹，露出整个脸盘儿。牙齿有点外龇，笑起时满脸皱纹。她的脸盘不大，眼睛却很大，双眼皮，不是两层，是三四层，在眼眶里深深地凹下去。

陈奶奶一家都是上海人，为何从上海来到贝城落户，我就不知道了。只知道她和外婆在同一间厂子里做事，我常听外婆说，她很会拉关系，厂里上上下下的领导她都熟。我还听外婆说，陈奶奶年轻时在上海很有名的大舞厅做舞女，在那里邂逅了一位英俊年轻的实业家，后来成了她的丈夫。再后来呢，运动来了，家里的财产全充了公，丈夫进了劳改农场，死在了那里，人死几年后才通知陈奶奶，一家人最后连尸体都没见到。我在梅姑姑的家里看到过一张照片，是年轻时的陈奶奶和一个男人的合影。照片上的男人又高又瘦，眉眼和梅姑姑很相像，他应该就是梅的父亲了，我想。

外婆有时讲到陈奶奶，几句之后就会转入重复了多少遍的话："……六〇年那会儿，老陈一个女人拉扯五个孩子，都不知怎么熬过来的，一到吃饭，那个最小的就哭。老陈把玉米饼做成大小不同的五份，美云最小，开锅一看，自己的那块最小，就哇哇地哭！唉！那年月，老大梅子最懂事，总把自己原本不多的还省下来给弟妹们……"

那时的小院，每户门口都放有一口大缸。男人们一根扁担两只水桶，到巷子口卖水的奶奶那里，一桶水两分钱，一趟一趟哼哧哼哧地来回挑，直到把水缸灌满。梅当时的男朋友一来就会帮陈家挑水，有时还帮我们扫院子，尽干些重活儿。院里的奶奶们都说，梅的运气好，找到了一个好男人。

陈奶奶每次听到，都满脸堆着笑。

## （二）

那年夏天，小城到处在挖防空洞，街道两边，每过几天就冒出一堆黄土，像一座座小山似的。路面本来不宽，堆了黄土就更窄了，一辆辆卡车装满黄土驶过，车身一路滴着黄水，路面上又湿又脏，一道道的尽是黄色的车轮印子。有次我为了躲闪疾驰而过的卡车，身子没站稳，一屁股陷在湿乎乎的泥堆里，全身上下都是黄泥，一路哭着跑回家。尽管这样，我们仍对马路上不断出现的繁忙景象兴奋不已，好像随时都有什么要发生一样。

最快活的就是我们小孩，男孩拿着自制的木头手枪，用黄土堆作掩护，玩起了打仗，我们女孩常扮成医疗队穿梭其中。当时我的爸爸在医院工作，所以我的道具最为齐全，纱布、针管、玻璃瓶，应有尽有，用一个印有红十字的医用针盒装着，小伙伴们对我这样的专业装备很是羡慕，我虽然年龄小，却因装备专业被赋予医疗队长一职。当有男生中弹倒下，我们便飞快地冲上前去，用各种可能想到的复杂程序和繁琐道具进行抢救。我们通常会有一个战地总指挥，他是这一带最高大威武又主持正义的男孩。有一次，一个大个子男孩扮演伤病员，当我用布条给他的手包扎时，他做出呼吸困难的样子，艰难地抬起另一只手示意我对他进行人工呼吸，我拒绝了，并果断报告给总指挥，总指挥立刻把他换掉。之后，伤员的扮演者就换成年龄较小且瘦弱的男孩了。

那天，当我们听到总指挥手臂一挥说：“快！把伤病员抬到防空洞里去！”我们几个女孩手忙脚乱，终于把伤员拖进防空洞，可是洞里的清凉气息令那个伤员瞬间康复了——他猛地站起来神气活现地说，让我们一起来找宝贝吧。又压低声音神秘地告诉我们：前几天，有人在防空洞里找到了不知哪个朝代的古董，卖了不少钱呢。我们一听也立刻来了精神，在那个伤员男孩的带领下，迅速投入到寻宝的游戏中。洞内潮湿阴凉，沁人的凉气中有墙体深处散发的泥土味，到处都湿漉漉的，墙和地面不断地往外渗水。这时谁发现一样东西，大家都聚拢过来，神秘地拿过宝贝左右端详，最后也看不出个所以然，决定拿回家去让大人鉴定。很快，我们每人都拎了鼓鼓的一口袋。“全体集合！”当总指挥嘹亮的口令从洞外传来，我们才猛然间醒悟，自己正处在一场激烈的战斗中……

黄昏，我拎着一袋宝贝满头脸的泥回到院里，看见外婆站在那儿，手里正捉着一只鸭子。

“瞧你这一身的泥，快去拿只碗来，帮我接着鸭血。”她看见我就说。

我放下袋子就跑去厨房拿碗，外婆麻利地捏住鸭子的头，把脖子下的毛拔了拔，嘴里一边念叨：“鸭子，鸭子，你别怪……”一刀下去，血就喷了出来，我赶紧拿碗接过去。谁知这只鸭子劲儿太大，外婆一时没抓住，鸭子竟挣脱了，扑棱棱地从地上站起来，歪歪斜斜地往院子里面走，还发出毛骨悚然的叫声。那鸭子挺着长长的脖子，暗红的血从刀口流出来，滴了一路。我吓得手里的碗啪地掉在地上，仅有的一点鸭血也洒了。那鸭子脖子上满是血，一路昂首挺胸，经过陈家门口。陈奶奶出来了，美云姑姑（陈奶奶小女儿）也出来了，她们大声说：“呦！这是怎么了？”鸭子又走过范家，范奶奶也出来了，也睁着眼睛道：“呦——！看这鸭子，眼睛红的，像人的眼睛，怪吓人的！”外婆拿着菜刀在后面追，那鸭子一路跑，脖子上的血滴了一路。

这时候，梅的男朋友来到院子，看到这情形大声说：“让我来！”几步上前一把捉住鸭子，拿过外婆手里的刀，一刀下去，那鸭子就歪倒在地上，腿还在一蹬一蹬的，翅膀一扑棱一扑棱的。很快，鸭子不动了，鸭子死了。

“这院子没个男人不行啊！”奶奶们说。

晚饭时，鸭子做好了。外婆端着锅子从小厨房到屋里，看见梅的男朋友走出来，“怎么这么快就走，不留下吃晚饭？”外婆招呼道。

“不了，我还有点事儿……鸭子好香啊——”他笑着出去了。

饭桌上，外婆夹起一块鸭肉，鼻子底下闻闻，说：“香得很！没事儿！都怪我，没想起来把刀放缸沿儿先磨磨。”

她夹了一只鸭腿放到我碗里，又说：“你梅姑姑的男朋友真挺好的。”我夹起鸭腿正要吃，就听到有什么声音从墙的那一边——陈家传来。开始时听不大清 ，但马上声音大起来，清楚地听到是女人在哭。我努力把这哭声从其他杂声里剥离出来，我肯定那声音来自梅，是梅在哭！我停了吃饭，耳朵紧贴到墙上，接着，又听到了陈奶奶的声音：

“……你就这么迷他，非要跟他去外地……你是老大，远水解不了近渴……”

“我喜欢他，他也对我好，我们已经分不开了……”我听到梅哭着向陈奶奶辩解，声音里带着委屈。

“啪——！”

呀——陈奶奶打梅姑姑了，是打耳光的声音呀！我听到梅跟着“啊”的一声，我的身子也哆嗦了一下，手里的饭碗差点滑掉。外婆也皱起眉，侧耳听起来。

梅的哭声大了，陈奶奶的骂声也跟着大起来，她咬牙切齿地用上海话大声骂道：

“……不要脸的东西，离了他侬就不能过日子了……我说不行，就是不行！侬哭死也没用，死了这条心吧！”她的骂声中带着哭腔，听上去好像也在努力地忍着什么……

好像是从那一晚起，每当夜幕降临，陈家便时常传来梅的哭声和陈奶奶的骂声。梅抽泣着一遍遍地说——我离不开他。陈奶奶呢，开始时说着本地话，越说越快，就转成上海话了。她操着上海话不断重复着：侬爹爹死得早；还有一句是：远水解不了近渴。

什么远水什么近渴，我听不大懂。“侬爹爹死得早”我却是明白的。外婆对我说，梅的爸爸进了劳改农场，不久就死在里边了。

## （三）

贝城的夏季，潮湿而炎热。小院里家家户户都不关门，大门上挂一张竹帘，白天挡暑气，晚上睡觉时放下，夜里便有习习凉风透过竹帘吹进屋子。在屋里隔着竹帘往外看得清楚，外面却看不到里面。这又成了我们玩耍的道具，没事几个小脑袋凑在一起，贴在帘子上，一有大人走过，不约而同大叫一声，大人吓得一哆嗦，我们就得意地大笑。范奶奶在这院里年纪最大，走路最慢，她走路像只螃蟹，挪着小脚直往两边迈，却不是往前走。那天她挎着篮子买菜回来，经过许家，我们躲在许家大门竹帘后边，突然地一嗓子，她吓得身子猛一哆嗦，同时放了一个很响的屁。帘子里面，我们个个笑趴在地上，范奶奶大声地训斥我们，自己也忍不住笑了。

现在想来，不是大人的表情有多可笑，只是我们正处在那样爱笑的年纪，谁打了个喷嚏，谁咳嗽了一声，我们都会趴在地上笑翻了天。

吓唬大人的把戏玩够了，我们开始钻迷宫一样在小院各家窜来窜去，只要不是很过分，大人们多由着我们。我呢，就喜欢往梅姑姑家里钻，她的家，又大又漂亮。

梅的家有三间屋子，进门一间堂屋，两边各一间睡房。屋内的家具是同一个颜色，表面都乌黝黝地发亮。梅的房间里香喷喷的，梅睡觉的那张床很大，床头很高，表面有凸起的雕花，也乌黝发亮。我每回去她的房间玩，总要摸一摸她床头的雕花。梅家的堂屋里有一张圆桌，白色的台布，四角低垂，桌面玻璃下压着好多张照片。那张梅父亲的照片就是在这里看到的。有一次，我想问梅："照片上的人是你的爸爸吗？"话到嘴边又吞了回去。外婆跟我说过，不要在人前提他们死去的亲人，人家会伤心。

自从那一晚，陈奶奶打了梅之后，白天有时看见梅出去，整个人像霜打过一样，两只大眼睛空空地盯着前面，似在看什么又好像什么也没看，脸上更没了往日的笑容。有一次，她又是这样走出来的时候，我忍不住跟了过去——"梅姑姑，梅姑姑，你——"话没讲完，嘴巴一撇，我的眼泪就下来了。梅俯下身，掏出手帕替我擦泪。这时候，我看见她的那双大眼睛也红红的，她看着我，长睫毛一闪，一滴泪就滚了下来。

这一幕，只是一瞬间，可在我的心里，却是一辈子。之后的几十年，每当我想起梅，想起她那双含泪的大眼睛，我的心，都一阵阵酸楚。

从那以后，我一看到陈奶奶对着我笑，我就有说不出的紧张。妈妈给我买了一本《安徒生童话》，我做完功课就要读上几页，一读到故事里的老妖婆，不知为何，我就想起陈奶奶那张满是皱纹的脸——长时间的咧嘴干笑，而不发出声音的样子！

也是那一年，寒假前夕，我放学回家，走在街上，风刮得冷飕飕的，路两边的铺子也没什么生意。我路过美琪布店，店堂里冷冷清清，店员倚着柜台在看报纸，往常我会溜进去玩一阵，那天我也没有兴致，天太冷，我想早点回家，钻到被窝里去。快走到十字路口时，隐约听到有鞭炮声从家的方向传来。我加快脚步，离小院越近，鞭炮声越响，我干脆跑起来，跑到巷子口，鞭炮声已震耳欲聋。

巷子口挤满了人，我捂住耳朵往人堆里钻，附近的孩子也都跑来看热闹。我看见一个女人穿着一身红，头上插一朵红花，那一定是新娘子了。随行的人衣服上也都别着红花，新郎官打开一包烟往人群里散，那些人接住了就往耳朵后面一夹，又伸着手要。有一个叔叔从鼓鼓的口袋里抓出一大把糖，往我们小孩这边扔，我们一窝蜂地哄了上去，抓到了揣进口袋里，再去捡地上的。我看见了大毛二毛（梅姑姑的两个弟弟）也在其中，不知因为啥两人打起来，死死揪着对方的耳朵不松手，脸憋得通红。有大人上前说了两句，他们不听，也就随他们去了，这哥俩三天两头打架，没什么新鲜的。

我手里抓着糖正要转身回家，一个熟悉的影子出现在我视线里。我一看是梅姑姑，就站在了原地。等她走近，我看清她的脸，吓了一跳：她脸色苍白，眼圈发黑，看上去那么憔悴，好像随时会跌倒似的。

“你先松手，把糖给弟弟。”她走上前去对大弟弟说。

梅的大弟看了梅一眼，那眼神里透着惊异，也许是姐姐不寻常的脸色让他害怕起来。他随即松开了手，哥哥松手的同时，弟弟也松开了手，两人揉着通红的耳朵，跟着梅回家去了。

很快，夜幕降临——

天很冷，吃过晚饭，我早早洗了钻了暖被窝。外婆还在忙家务，我躺在被窝里手里攥着三块糖，那是下午散喜糖的时候拿到的。一块是水果糖，还有两块是我最爱吃的“大白兔”，我握着手里的糖，又想起了什么。

“梅姑姑是不是病了，下午我看见她，脸色可难看了！”我问外婆。

“嗯——”外婆给炉子换好煤，封好炉门，解开围裙挂在门后边，又说，“两个人从小青梅竹马，心里头过不去那个坎儿啊。”外婆像是在对我说又像在自言自语。我听得迷迷糊糊，实在是手里的糖太诱人，心里盘算着怎么吃。我想要不先把水果糖吃了，两块大白兔留待明天？我把大白兔拿到鼻子底下闻闻，又放回了口袋；剥开那颗水果糖放进了嘴里，三嚼两嚼就没有了，却把我的口水勾了出来。我闻到了那两块“大白兔”在口袋里散发出的阵阵香味，忍了又忍，最终还是没忍住，心想：反正有两块呢，就先吃一块，只留一块给明天吧。外婆出门倒垃圾，我从口袋里掏出一颗，连人带脑袋的缩进被窝——外婆不准我在床上吃东西，弄不好还会告诉爸爸的。

在“大白兔”的香味里，我沉沉睡去——

夜里，一阵嘈杂把我吵醒，院子里传来急促的脚步声，有人喊了一嗓子：“快送医院！”外婆醒来，起身去开门，一阵逼人凉气裹着声音“忽”地灌进屋子。人群好像正经过我家，脚步声重重地踩过去。

不知谁家的搪瓷盆这时候被人撞翻在地，“咣当”一声刺耳的巨响，立刻引来狗的狂吠。先是一只，很快变成了几只，远远近近的狗叫声直刺我的耳膜。我吓得用被子蒙住脑袋，屏住呼吸，身子缩成一团，耳朵却在被窝里张开，拼命搜集着外面的动静。很快，脚步声远了，听不到了，随后狗叫声也慢慢地减弱。当最后一声狗叫在夜空消散，小院又回复到之前的宁静，我听见北屋的许奶奶在院里叽咕了几句，说什么听不清，接着是许家的关门声，干涩的门轴很响地“吱——扭——”一声，在夜里听起来吓人。

“梅出事了。”外婆关上门回到床上说。

“梅姑姑出什么事了？”我钻出被窝，焦急地问。

“大人的事，小孩子不要瞎打听！”外婆边说边顺手摸着墙上的灯绳，灯灭了。

屋里黑下来——

刚被刺耳的嘈杂声划破的夜，此时重新聚拢，迅速又把我裹了起来。黑暗中只听外婆说了句："真是个苦命的人啊！"便转个身睡了。

## （四）

我的故乡贝城地处沿江一带，室内不像北方有供暖设备，冬天里洗澡是一大难题。家里没有卫生间，洗澡都是去公共浴室，而公共浴室也并不普及，几条街也就一两家，且大都残破失修，室内光线昏暗，空气混浊。

每次去浴室洗澡都像是搬家，自己已经穿得像个棉球，还要拿着大包小包，有了妹妹后，又要多拎一个大塑料盆给她洗澡。妈妈抱着妹妹，手臂上挎着包，我两手拎着塑料盆跟在后面，要走很远的路。等到了地方，洗澡的队伍早已排成长龙，在浴室的院子里盘了一个圈，尾巴一直甩到了大街上。女人们一边排队一边聊天，嗑着瓜子，打着毛衣。站累了，院墙根捡两块砖头，队伍里占个位子，自己索性找个地方坐下来，家长里短地闲聊，时不时猫一眼自己的砖头有没有随着队伍向前移动。孩子们把妈妈带来的澡盆当成玩具，把年纪小的抱进去，大点儿的抬起盆边走边唱："呜里呜里哇——新娘抬到家呀……"

妈抱着妹妹坐在院里的花台子上，我站着排队。一个矮胖女人走到队伍中，一脚把一块砖头踢开就站了进去。这时，我远远看见梅姑姑，她拎着一个包进了院子，走到那个矮胖女人面前说："你怎么加塞啊？"

"我怎么加塞了？你从哪里冒出来的？"

“我早都来了，回家去拿东西，那砖头是我的。”

“砖头是你的呀，你喊它它答应吗？”

“你这人怎么不讲理呀。”梅略微提高了声音。

“呦——！你就是前院那个为了个男人喝药的吧？够刚烈的啊——”

“你——”梅姑姑的脸变了色，可越气越是说不出。

这时，队伍里几个年纪大的婆婆站出来主持了公道，证明梅是一早就来了，妈也走过来，劝了梅姑姑几句。那妇人看引起了众怒，这才熄了气焰，鼻孔朝天地哼了一声，很不情愿地排到后面去了。

风波平息了，队伍开始缓慢向前移动，梅一直低着头看着脚下的塑料盆，队伍移动一点，她就把盆子往前踢一点，始终不抬头。

梅洗完澡走出浴室时，我们刚排到门口，她的头发用一条毛巾高高束起，脸色红扑扑的，但好像还没从刚才的情绪中出来。

“芳姐，我先走了。”她和妈打了个招呼，低着头走出了浴池大院。

我对女性身体的认识，最初就来自这间破旧的浴室。

那浴室不大，分里外两间，外面是更衣室，隔着一道镶有半截玻璃的墙，里面便是淋浴间。很多人在更衣室麻利地脱个精光，只一闪便进了雾气弥漫的淋浴间。我被妈妈拉着，一进去，一股浓稠的热浪立刻直扑过来，我顿觉胸口憋闷。团团雾气包裹下，根本看不清周围，只看见肉色的身体在雾气中时隐时现。还没定神，就被妈连拉带拽到喷头下。人未站定，一股巨大的水柱就猛烈砸将下来；紧接着离开水柱，妈妈的两只手在我头上飞快地打肥皂，用力揉搓；接着再被拽到喷头下，又是猛烈的水柱一通狂浇，肥皂水流了满脸。我紧闭双眼，屏住呼吸，直到妈把一条拧干的毛巾塞到我手上，快速擦干满脸的水，这才深深透了口气。睁开双眼，有一两秒的恍惚，雾气腾腾中，我看到很多白花花的身体，有的弯曲双腿，有的翘起臀部，她们在哗哗的喷头下洗得那样快活。印象中那些身材好像都不美，有的甚至体态臃肿。

“发什么呆呢，看着妹妹，我洗一会儿。”妈冲着我大声说。

妹妹正坐在澡盆里玩水，她浑身胖嘟嘟，脸蛋红扑扑的，一小撮头发黏在脑门上，真是可爱！我拿着肥皂盒舀盆内的水，一下一下淋到她身上，她就快活得咯咯咯地笑，两只小胖手在水里直扑腾。

浴室里很吵，旁边的喷头下，几个妇人一边用力地搓洗身体，一边大声地聊天。

“哎，你刚才看见老陈家的梅姑娘了吗？瞧那身条儿，那对奶子，不要说男人了，女人见了都想咬一口啊！”

“老陈还真有两下子，姑娘都寻死觅活的了，还不让步！到底是上海滩待过的，有手腕！”另一个妇人一边揉搓身体，一边应和。

“哎呀……谁不是打年轻过来的，什么爱不爱的，结了婚还不都是过日子……”

“就是——，男人啊，脱了裤子都一个样！”

“哈哈哈哈——”

几个妇人笑得前仰后合，胸前的乳房随着笑声上下地颤动。笑声混合着哗哗的水声，在蒸腾的雾气里回荡。我觉得胸口一阵翻腾，一种说不出的滋味涌上来卡在喉咙口，我低头不再看她们，胡乱地洗了洗，跟妈说有点不舒服，自己先出了浴室。当这些赤身裸体的女人，一边搓洗着臃肿的身体，一边说出梅姑姑的名字时，我难过极了！

我再没去过那浴池洗澡，从那一天起——

## （五）

当第二年暑假来临，小院一下热闹起来。许家两个孙子、陈家两个儿子都放假了，四个男孩在这院子里打打闹闹，声音吵得能把房顶掀翻。尤其是陈家小儿子，那声音极细的尖叫，简直是世界上最恐怖的声音。我相信大军子的话——“你应该去越南战场，不需要武器，只要一声尖叫，越南鬼子就会应声倒下。”

可我依然喜欢他们玩起来的样子，重重的脚步声，混合着玩闹声，那声音滚动成一个圆球，跳荡在小院的屋顶，地面，院墙……小院热闹了，小院活起来了，我坐在门槛上看着他们，他们不带我玩，看他们玩，我同样高兴。

大军子有时会带我玩一会儿，撇下他们三个。

“想吃枣吗？”他走过来问我。

“想啊。”我点头。

“走，带你打枣去！”

大军子手拿一根竹竿，我提着竹篮子跟在他后面。巷口有棵大枣树，夏天里，满树的叶子密密匝匝的，风吹过时，能看到藏在枝叶间圆圆的大枣。大军子把竹竿揣在后腰，两手抱着树干，噌噌噌就爬上了树。我站在树下，兜起裙子，准备好。

“别抬头，小心砸着眼睛。”

“知道了——”我话音刚落，一嘟噜带着树叶的大枣就扔到了我的裙子里，接着又扔下一嘟噜，我的裙子快兜不住了。这时候，另外三个男孩也一路喊叫着加入了我们。大军子不是他们中最大的，却都听他指挥，大军子不在，他们没了首领，总玩不起来。

实际上，我并不是时时都在想着梅的事，当我玩起来时，就把梅完全地忘了。那一年暑假结束，许家的大军小军回了自己家，这院子一下冷清了许多。我下午放学早，回到家做完了功课也没什么可做，外婆还没有下班。我一个人坐在门槛上，手托脑袋，对着院子里进进出出的大人发呆，忽然发觉缺了点什么——有好一阵子没见到梅姑姑了。梅姑姑去哪里了呢，我心里想，想了一会儿，也没想明白。晚上吃饭的时候，我问外婆，梅姑姑去哪里了，怎么这一阵都没见她？

“不知道啊，也许是她出去时你没看见？”

“你看见梅姑姑了吗？”我问外婆。

“我也没太注意……快吃饭吧！”外婆往我碗里夹了一筷子菜，又说：“你妈星期六回来。”我听了高兴地叫了起来，对外婆说：“妈上次走的时候说，下次回来如果我表现好，会带我去体育场对面的新公园玩。学校里已经有同学去过了，公园里有一个很大的湖，可以划船呢。”

外婆放下碗筷，看着我说：“你妈这次回来是养病，她不适应乡下的生活，生了病，你一天天大了，要做个懂事的孩子，要知道体谅大人的难处！”

“可那是妈妈答应我的……”我有些委屈。

“答应你也不能去，她回来要休息，还要去跑回城的事，你不要跟着添乱。”外婆很少用这样的口气说话的，我虽然心里委屈，可还是忍了下去。

周六的中午，妈回来了，脸色不好，黄巴巴的，人也瘦了，她一进屋，放下那个每次来回的大旅行包，坐下来，说，累坏了，外婆忙给她倒了杯水，心疼地说：“怎么瘦成这样……又跟他生气了？”妈接过杯子，喝了一大口，对外婆说：“没什么，他心情也不好，回城的事办得不顺。”我在一旁看着妈妈，不敢提去公园的事。吃完午饭，外婆出去买菜，妈要睡一会，让我自己去巷子口玩，我对妈说，我要去梅姑姑家玩，妈不许我去，说大中午的人家可能要休息。我也只好作罢。

每次妈妈回来，饭菜会比平日里丰富，外婆会做些妈爱吃的菜，说乡下生活苦，给她补身体，妈爱吃的我也都爱吃。饭桌上，外婆总会说：”你妈每次还没你吃得多呢，好像平时外婆虐待你一样。”妈笑了，我也笑了。

妈妈在家的时候，我央求她去梅的家里玩，她总是说：“不行！”我去和外婆说，外婆也说不行。我有些糊涂，在这之前，她们并不阻止我去找梅姑姑玩的。越是好奇，我就越是想去。我还隐隐约约感到，梅姑姑此时就在家里，妈妈知道，外婆也知道，就是不准我去。院里的大人们也都知道，只是装着不知道。可这些瞒不过我的眼睛。

小姑娘在获取大人某种秘密方面无师自通，无需训练，与生俱来。

我开始想一些办法能走近梅。我和外婆说我去黄奶奶家玩，因为去黄家一定要经过梅的房间。梅房间的窗户开向院子，窗台高过我的头顶，我努力踮起脚尖勉强够到窗台。可是那窗户从早到晚都拉着窗帘，在我踮起脚尖的那一刻必须正好有风吹过，吹起窗帘，我才能看到房间里面。可那几天也不知怎么的，院子里一丝风都没有。当我几次努着劲儿踮起脚尖，那窗帘布总是磁铁般吸附在窗户上。我真想伸手撩开窗帘，可只是想，我始终没有勇气。

想见到梅姑姑的渴望，在那几日折磨得我坐立不安。一个下午，我又一次走到梅的窗下，窗户开了半扇，窗帘紧闭。我踮起脚尖趴到窗台对着里面小声地喊："梅姑姑——"第一声没有反应，我增加了勇气，提高嗓门喊了第二声，窗帘后面仍没有反应，妈妈却出来了。她看见我猴子一样趴在窗台上，高声命令道："回去！"

回屋时，我在心里说，梅姑姑一定在家里。

我的猜测很快得到了证实……

回屋时，我在心里说，梅姑姑一定在家里。

妈又回乡下了，小屋里又只是外婆和我，周日吃完午饭，外婆照例要眯一会儿。她让我睡，我怎么睡得着呢，屋子里又闷又热，那张床一睡下去，床单就粘住我的后背，真是难受。好在外婆很快就睡着了，她的呼噜声一响起，我就溜出了屋子。

正午的阳光白花花的，晃得人睁不开眼睛。周日大军子回来了，正和二毛（梅的二弟）蹲在树底下弹弹子。我走过去看他们玩。他俩热得脸又黑又红，汗水顺着头发直往下滴，二毛抬起手背擦汗，手上的灰抹了一脸。我笑他，他干脆撩起身上的白背心狠擦了一把——脸干净了，白背心顿时成了抹布。我笑得更大声了，他头也不抬地说："没事，我大姐给我洗！"

"你大姐？她人呢？"我想起什么似的忙问。

二毛正皱着眉盯着向前滚动的弹子，半天才头也不抬地说："啊——？我大姐呀！被我妈关在家里了。"

"为啥啊？"我和大军子同时问他。

"怕她还去找那个男的呗！我妈不给她出门了。"二毛撇了撇嘴。

"你姐跟那个男的好，你妈为啥不同意啊？"大军子问了我想问的话。

"嗨！那个男的家里穷，人又在外地，我妈说大姐要找一个能供我和哥哥读书的男人。"二毛一副满不在乎的样子。

当我证实了梅姑姑就在家里，而我却不能见到她时，想见到梅的愿望在那几天里占据了我的全部。然而梅始终没有出现，一天过去了，又一天过去了，在漫长的等待中，所有的方法在白天都无一奏效。

夜晚来临——

晚饭后，我早早便守在墙边。手拿书本，装着温书，耳朵始终处于警觉状态，时刻搜集着墙那边传来的各种声音。一连几个晚上，我听到了陈家炒菜时锅铲子蹭着锅底的沙沙声，梅的小弟打闹时发出的恐怖尖叫，还有陈奶奶很响的斥骂声……

始终听不到梅的声音。

一晚过去了，又一晚过去了……也许长时间的全神贯注消耗了我太多的体力，当我再一次听到梅的声音时，我躺在床上睡得迷迷糊糊，我不知道是她的声音使我从沉睡中醒来，还是我并没有睡着。

梅——微弱的哭声再次传来……

我屏住呼吸，支棱起耳朵，生怕漏掉一点我期盼了那么久的声音。紧接着，我听到了陈奶奶更加伤心地抽泣：

"……就算我……我求你了。你爸死得早，我一个女人撑着这个家，你是最知道这些年我是怎么熬过来的……我……"陈奶奶说不下去了，她低声的抽泣变成了号啕大哭。

"你……你不要拿死吓唬我……你爸刚进去的时候……我……我……我几次想死……没死成……这是老天爷不让我撇下你们五个啊！……再苦再难，我要……咬牙活下去！"陈奶奶边说边哭，那哭声就像开了闸的黄河水。

"哎——"墙这边的外婆也叹气起来。

我被这悲伤的情绪感染，也有点想哭了。

梅，不出声了，只听见陈奶奶一个人，哭一阵说一阵。

"……成了家就是过日子，什么感情不感情的，到最后不都是柴米油盐，平淡如水……"陈奶奶仍在继续。

紧接着一阵嘈杂，陈家的两个儿子在争吵，陈奶奶高声骂了两句。很快，争吵平息。

当四周渐渐安静下来，我听到陈奶奶一声长叹道："男人啊，都差不多——"

梅，还是没有声音。

慢慢地，陈奶奶不说话了，兴许是说累了，哭声也变成小声呜咽——

我的眼皮开始打架，闭上又睁开，睁开又闭上。迷糊中，什么声音都没有了——

院子里忽然起了凉风，屋里的窗帘飘起来，远处响起几声闷雷，下起了小雨。外婆起来关窗户，自言自语道："这鬼天，这会子下雨……"

此刻的小院静得很，只听到雨点落在窗台上，滴滴答答的。我躺在床上，想着外婆的话，为什么这会子下雨呢，莫非是老天听了陈家母女的事，也伤心地落泪了？忽然我感到一阵莫名的恐惧，身子往外婆那儿挪了挪，紧贴着她的后背，迷迷糊糊地睡了。

之后的几天里，在夜晚的某个时刻，梅家这样的谈话都会飘然而至。

我的心里觉得梅姑姑苦，很苦！

可那是什么样的苦，我也说不出。

（六）

外婆的厂子又在没日没夜地加班了，每天放学，我边走边玩地回到院里，她都还没回。外婆把家的钥匙给了隔壁许奶奶一把，我问许奶奶拿了钥匙，开了门，放下书包，就去家后拾鸡蛋，放进小竹篮里，再去看看桌子下面的小鱼长大了没有。妈快要从乡下回了，外婆昨天买回两条鱼，说太小，要养几天再吃，我学着盆里鱼儿的嘴巴一张一张地吐水，又站起来去窗台看看花盆里的蒜抽芽了没有，外婆把吃不完的蒜头栽到花盆里，过两天就能长出蒜苗。什么东西经了外婆的手，就活了，就有了生命。我把它们都看了一遍，搬了椅子去院子口做功课。靠许家的屋山墙有一片巴掌大的空地，那是每天我做功课的地方。我把椅子靠在墙根，人坐在小凳子上，趴在椅子上做功课。一边做一边玩游戏——听脚步声。我不抬头，凭着脚步声就知道是谁回来了，总能猜对。

我一抬头，看见了脸，就笑了，我笑什么，他们不知道。

那个傍晚，我和往常一样，在院子里写作业。刚一坐下，就听到熟悉的脚步声，又重又急，越走越近，那是爸爸的脚步声，一定是爸爸回来了。每次一听到这脚步声，无论我那一刻多么想玩，都会箭一般坐下，翻开书本，瞬间进入学习状态。

那天我虚惊一场——

抬头一看，不是爸爸，是我从未见过的一个人，他微笑着走过我身边，说：“做作业呢，真乖！”

“笑什么笑，谁认识你呀？”我心里一鼓一鼓的。之后的很长时间，他频繁地走进小院并笑着和我打招呼，我都爱理不理的，因为他极像爸爸的脚步声，让我一次次的胆战心惊。

他是去陈家的。

他的样子我已记忆模糊了，唯有对他的嘴巴还有清晰的印象。他极爱笑，一见人就咧开嘴。嘴巴很大，笑起来两嘴角上翘，像个弯月牙。他人很勤快，也给陈家挑水。有几次，他还帮我们家挑了几趟水呢。不但勤快，他嘴巴还甜，爱招呼人，见了邻居，离多远就笑得像朵荷花似的。

我很快知道，他是梅的新男朋友，是陈奶奶定下的。我还听外婆说：这个男的家里条件好，答应婚后供梅的弟弟上学。

“这个男的看起来人倒挺好的，就是长相上没第一个好，有点委屈梅了。”外婆和许奶奶在聊天。

“梅姑姑喜欢的是第一个男的，这个男的她根本不喜欢。”我在一边忍不住要讲。

“你看见了？”外婆问我。

“当然啦！梅姑姑根本不理他！”外婆斜了我一眼，我低了头，不敢再说什么了。

从那时起，小院的奶奶们又说开了，

“还是这个好，长相差点，但人很家常，一看就会过日子……”

“就是——长得好有啥用，又不能当饭吃……”

邻居们好像很快接受了眼下的男人取代之前男人的事实，甚至觉得这第二个男人才是梅正确的选择。唯独梅看见这个男人时，脸上木木的没有表情，这个男人看见了梅，却都是笑嘻嘻的，梅没有回应他的笑，他好像也不在意，又帮着陈家做事去了。这个男人成了小院的常客，笑吟吟地进进出出，有外人来小院，还未开口，他看见了就咧着月牙般的嘴巴迎上去说：“找谁呀?”他已经成了小院的人了。

陈奶奶看见了，依旧是满脸堆笑的。

一个下午，我放学回来刚进院子，那个男人跟着也进来了。他走过我身边，径直向蹲在家门口洗菜的梅走去，梅抬头看了他一眼，又低了头继续洗菜。这时候，我看见那男人从上衣口袋里掏出一块像手帕一样的东西，抖开来，是一条漂亮的丝巾，淡绿的底子上开着乳白色的小花，他把丝巾递给梅说：“给你买的，配你，好看！”梅一开始怔了怔，接着慢慢腾出一只手在围裙上擦干水，从男人手里接过了丝巾，扬起睫毛看了一眼男人，仍没有说话。男人也没再说，脸却涨得通红，拎起水桶，大步出了院子……

梅姑姑看到了傻站在厨房门口的我，有点不好意思，低头进了屋。那个下午，我总想着那条漂亮的丝巾，还幻想着把它围在我脖子上的情景。晚上，我躺在床上睡不着又想起了下午的事。

“我长大了会有人送丝巾给我吗？”我突然问外婆。

“送什么丝巾，赶紧睡了，明天要早起。”

“我今天看见那个男的送给梅姑姑一条漂亮的丝巾。”

“哦——”外婆嗓子里应了一声。

“差不多啦——”她又说了一句。

我迷迷糊糊想睡了，我还小，有些事还不太会表达，可是心里头明白。

在那年夏天即将过去的傍晚，夕阳的余晖斜照在许家的山墙上。我和往常一样在院子口做功课，梅走了进来，陪在她身边的是那个男人，我一眼看到了那条丝巾——男人送她的那条绿丝巾此刻正飘逸在梅的胸前。

“做功课呢……”梅看着我说，脸上掠过一丝笑容。梅姑姑笑了，我也笑了，这是梅留在我记忆里的最后一个画面。

不久，梅和这个男人结婚了，婚后有了一个女儿，男人对梅很好，对陈家一直照顾，并履行了当初的诺言，把梅的弟妹供完学业。

梅姑姑一笑，我的心里就甜了……这甜和吃糖的甜是不一样的，糖吃完就不再甜了，可梅姑姑的笑不是，想起来几回，心里就甜几回……

# 四　东风一街

## （一）

出了小院，向右步行十来分钟，有一条街叫“东风一街”，是这一带最繁华的地方。

街道不宽，两边很多店铺，一家挨着一家，汇集了水果铺、茶房、钟表铺、布店、杂货店、中药铺、当铺，马路另一边有一家印刷厂，挨着印刷厂是一家酱园店……人们打开门来过生活的需要，都在这一条街上解决了。

水果铺子在东风一街上的十字路口，一到晚上，这里就成了整条街最亮的地方，一个极亮的大灯泡吊在铺子上方，惹来一群小虫子在灯下嗡嗡飞舞。

小城夏季的晚上，热得实在熬人，屋里像个蒸笼。反正是睡不下去了，倒不如提着板凳到十字街口享受穿街的凉风，吹吹这一身的暑气。

这十字街口，这水果铺子，便成了夜晚纳凉的好去处。

男人们三三两两坐在马路牙子上就着铺子的灯光下棋，女人们则怀抱孩子，摇着扇子，聊着闲天。直到夜深了，起了凉风——孩子偎在怀里睡熟了，自己的身上也凉透了，直到铺子打烊要上门板了，直到熄灭了那盏极亮的大灯泡，四周黑下来，这才一路打着哈欠晃晃悠悠地回家去，一手提板凳，一手摇着芭蕉扇扑嗒扑嗒地拍着后背。

这水果铺子的老板，是个白头发、白眉毛、红皮肤的老头，连胳膊也是红的，不过胳膊上的汗毛是白的，都喊他“老白毛”。他总眯缝着眼睛，即便阴天里也这样，好像总有阳光照在他脸上。外婆说这皮肤是一种病，生下来就这样，这病是不传染的。大家都放心去他的铺子买水果，加上他总眯着眼睛笑眯眯的，这铺子的生意总也做不完。

挨着水果铺是一家茶水房，小学二年级时，外婆便给我水牌子让我独自去打开水了。那茶水房说是铺子，也不过就是一间屋子，屋内光线昏暗，当中立一只锅炉，呼呼冒着热气，地上有一排排的热水瓶。茶水房主人有着小孩一样的身体，却有一张大人的脸，和我差不多高，可他的脸已经是叔叔的样子了。

“茶水房矮子”，大家背后都这么叫他。

他走在街上时，常有调皮男孩跟在他后边大声地喊：“矮子！矮子！”我从不这样，但也不喊他叔叔，碰到了，笑笑，就算打了招呼。他人很好，每次我去打开水，他都让我站在一边，打好递给我说：“小心烫着！”我跨出门坎儿，他又说：“走路小心点儿！”

水果铺子和茶水房挨着，“白毛”和“矮子”就成了朋友，互相照应着对方的生意，“矮子”有时帮忙卖两个苹果，“白毛”有时帮忙打两壶开水。他俩常在一起聊天，有时还凑在一块儿吃饭，彼此都很快活的样子。

这东风一街上还有一家美琪布店，也是这一带唯一的布店。

店堂里很是敞亮，两边柜台上铺放着一卷卷各色布匹。最有趣的是头顶上飞来飞去的铁夹子，店员把钱和发票夹在铁夹上，顺铁丝哗的一声滑到账台，那账台设在最里面很高的地方，几乎贴着天花板，要几个台阶才能上去。账房先生坐在木围栏里面，戴着眼镜，只见他抬头取下铁夹子上的发票和钱，在发票上很响地盖章，震得门口都能听见。然后他把零钱和发票夹回铁夹子上，一用力哗的一声又甩回来，店员把钱和发票取下来交给客人。我抬头盯着铁夹子在头顶飞来飞去，真想走上那个高高的账台，亲手甩一甩那个铁夹子。

一到过年，妈就会带我来这里，选完布料，让店里的赵伯伯给我做过年的新衣裳。赵伯伯瘦瘦高高，花白的头发一律向后梳得整齐，店里数他的态度最好。有客人进来，不管是不是找他，他一律满脸微笑迎上去。

赵伯伯鼻梁上架着老花镜，脖子上挂着软尺，腰间系着蓝布围裙，给人量尺寸时极其认真，眉头紧皱，生怕弄错似的，每量一下，就麻利地在一个小本子上记下。他那严肃的样子，每回见了我都忍不住想笑。听妈妈说，赵伯伯原先是这家布店的老板，后来店被政府征收了，他就做了店员了……

我上了小学，学校在东风一街的另一头，放学回家要依次经过中药铺子、美琪布店、水果摊、茶水房，然后才拐进通向家的小街。

每每经过布店，我会溜进去玩一阵儿。尤其夏天里，一路小跑满头大汗地溜进去，就能在店堂的大吊扇下面享受片刻的凉风。下午四五点钟，店里通常没什么生意，我不吵不闹，不碍着别人，他们也就随我去了。如果那天赶巧赵伯伯正在做衣服，他会从一堆碎布头里挑一块好看的，拿那把大剪刀左剪剪右剪剪，在缝纫机子上一突噜，递给我说："妞妞，拿去扎小辫儿！"

我喜欢赵伯伯，还因为他叫我"妞妞儿"，街坊们都随着外婆叫我的小名儿，赵伯伯不同。我一跨进布店看见他，就远远地叫："赵伯伯——"，然后站在原地等着，等他慢慢地抬起头，老花镜滑在鼻梁中间，就要掉下来了，慢悠悠道："哦——，妞妞来了！"

不知为什么，赵伯伯喊我妞妞时，我心里头热乎乎的。

不知从哪一天起，美琪布店的账台伯伯换成了一位阿姨。

那阿姨白白胖胖，两只胳膊圆滚滚的，当她抬手取头顶上的夹子时，便能看见手臂上的赘肉。当她大笑着把夹子用力甩过来时，好像她的笑声也随铁丝滑到柜台，店员取下钱和发票，那钱和发票上也就附上了她的气息。自从账台伯伯换成了这位账台阿姨，这布店就热闹了许多，店堂里时常听到她快活地说笑，混合着她“砰砰”的盖章声在偌大的店堂里回荡。

有一回，我刚跨进布店门槛，看见赵伯伯手拿锤子在修理窗户，我听见那账房阿姨坐在账台里用一贯的大嗓门说：“老赵呀，这布店又不是你家的了，还操这份闲心干吗呀！”

半天，赵伯伯慢悠悠地答道：“惯啦——”

回到家，我跟外婆说：“美琪布店的账台伯伯不见了，换成了阿姨。”

“嗯——，那个女的我认识，就住在后街的，原先是你赵伯伯家的佣人。”外婆道。

## （二）

紧挨着布店是一条僻静的小街，街口第一家就是大姥（外公的哥哥）家了，外婆常在周末带我来串门。大姥的家比我家大，有里外两间房，外间的屋顶伸出去有一个阁楼式天窗，我家没有。外婆管这叫“老虎窗”，我心里不明白，这窗子和老虎有什么关系呢。

可我喜欢这“老虎窗”，有太阳的时候，阳光从那一方玻璃直射下来，正好照在下面的小饭桌上，光柱里有很多小小的尘埃在飞舞。大奶奶过来擦桌子，她那张圆圆的大脸盘子进了太阳光里，尘埃立刻看不见了，什么也看不见了，满眼只有她的大脸盘。阳光太刺眼，她的眼睛眯缝起来，阳光里她脸上的皱纹那么深，一条条的像老树皮。我心里想，我要是老成那样该是多难看呀。大奶奶擦完桌子走开，光柱又出现了，照在饭桌上还有树叶的细碎影子。我把手伸进光柱里，影子就跑到手上来了，来了一阵风，影子在手掌里一晃一晃的。

我听见有人哭，回头一看，是大奶奶，她脸上正挂着泪，那颗泪珠子，流了很久才流到她的下巴。她抽泣着跟外婆说：“这阵子，他一有空就去找‘哑巴’，要不就是去沈老太家，每回去少不了带点吃的用的，谁知道背地里还给不给钱……”

“大哥的工资比我们高多了，你们要说不够，那我们可怎么活？”外婆劝她道。

“就是这么说呀，我问他要钱，他就给我脸子看……可背地里……还不能说，一说他一憋半个月不理我。”

大奶奶边说边用手帕子抹泪。她一见到外婆就是这样，我也不知道她到底有什么伤心事。她们的话我听得迷迷糊糊，但我仍愿意来，我喜欢这老虎窗。

外婆起身要走了，大奶奶把我们送到路口，外婆临走又对大奶奶说：“大哥是个好人，有情有义，你不要多想……” 大奶奶点头，我看到了她的眼睛里有泪花。

回来的路上，我问外婆：“哑巴是谁？”

“是你大姥以前的女人。”外婆道。

“她为什么是哑巴？”“她怎么就不会说话了？”“那沈老太又是谁？”我一连问了好几个问题。

“大人的事小孩子哪里弄得明白，说了你也不懂的。”外婆拉着我只管走路，不再回答我的问题。

天黑下来，路灯亮了，昏黄的光照在柏油路面上，引来很多只蚂蚱在亮光底下蹦来跳去，要是现在有只罐头瓶就好了，捉几只蚂蚱带回去给我的芦花鸡吃，它们吃了我抓的蚂蚱，下的蛋一定更大。

我这样想着，就把刚才的问题忘了。

我走在时间里，一抬头，我就看见了你，一个穿着蓝色短裙的六岁女孩。你站在那里，站在夏季灿烂的阳光里。你歪过头来看着我，你是谁呀，你问我，声音像清澈的山泉水。我是将来的你呀，我回答。你似乎不明白我的话，但依旧对着我笑。阳光正照在你身上，光滑的皮肤泛起光泽，你站在那里，如此轻盈透明，像个小瓷人似的。

我们离得那么近，你可以飞奔着跑向我，我呢，却再也回不去了——

# 五　疯婆子

大姥家的马路对面是一家印刷厂，大姥在那里上班。

我很喜欢那个印刷厂，车间里有浓浓纸香和机器的味道，还有好吃的“糯米纸”。每次去大姥家，只要大伟（大姥的孙子）在，我就嚷着让他带我去厂里玩。

外婆有时周末加班，厂子里查得紧，不能带我去，她就把我送到大姥这里，让我跟大伟一起玩。大伟比我大两岁，他还有个弟弟叫小伟。他们平时也不过来，只有在周末或者假期时才来爷爷这里住。

大伟拿出几张崭新的牛皮纸给我包新书用，我拿起牛皮纸闻了又闻，有一股特别的香味，这香味勾起了我的口水。

“我想吃糯米纸了。”我对着大伟说。

“原来家里还有点，刚被我弟吃完了。”

“不如去厂里找你爷爷拿。”我想去车间里玩，但一个人又不敢去，说完我望着大伟，我多想他带我去。

“你不怕厂门口那个‘疯婆子’？”他看着我说。

那个常在印刷厂门口转悠的“疯婆子”，我看见过不止一回。她常出现在两个地方，一个是印刷厂门口，还有就是我们院子外的巷子。

有一回我看见她站在巷子口，穿一件灰色缎子旗袍，下摆又破又脏，风吹起时，露出里面的衬里；头发几乎全白了，胡乱地披着，耳边夹一只翡翠色的发夹，头发太稀夹不住，耷拉在那里，快要掉了，随着她头的转动在耳边甩来甩去。我看见她的时候，她正低着头，好像在找什么，抬起头时，正好和我的目光相遇，那一双眼睛又大又黑 ，像两个黑洞望不到底。我一哆嗦，忙避开她的眼睛，后退几步，在靠近路口的墙根站稳——她再往我这边走一步，我转身就跑掉。

她没有走过来，她抬起脚慢慢地往回走了，看见她抬脚，我的脚也抬了起来，可我不知道要去哪里，家我是不想回的——我刚从家溜出来。

“你怎么跑出来了？不让你在家睡觉的吗？”外婆提个篮子买菜回来，离老远看见我大声说。我还没从疯婆子身上缓过神来，直着眼睛望着外婆说：“我刚才看见那个疯婆子了，她还看我呢。”

“什么疯婆子？我看你是玩疯了！发烧刚好，我一出门，你就溜出来！赶紧跟我回去！”外婆说着就来拽我的胳膊，我根本不想睡觉，还想再玩会儿呢，执拗着站在原地不动弹。每到这时，外婆就会把爸爸搬出来，果然她又说了：“你想不想被你爸打啊！让他把你带到乡下去，跟你爸妈一块下放！我是管不了你了。”

外婆这一招每回都灵！不要说爸真回来了，只要外婆说出“爸爸”俩字，我就心里发慌。

无奈，只好跟着外婆回家了。

印刷厂在大姥家对面，我们穿过马路，一抬头，疯婆子果然又出现在厂门口。仍穿着那件灰色有绣花的旗袍，头发不像那天似的披着，而是盘了一个发髻在脑后，但也快散了，几缕披在前额。她正跟厂门卫说着什么，等我们走近，我听见她说：“让我进去，我要找我男人……”

门卫是一个年轻男子，正抬起手臂往外轰她，不耐烦地说：“你怎么又来了啊，这是工厂，要找回家找去！”

我看那疯婆子脸上有泪，哭哭啼啼地说：“……我男人好几天没回家了，他一定在厂子里……”说着又要抬脚往里走。

“你是真疯还是假疯呀！跟你说多少回了，这是工厂，没有什么你男人……”那门卫一把拦住她并提高嗓门嚷道。

几个老工人正从厂子里走出来，看到疯婆子，绕开，走过我身边我听到他们说：“这个沈老太，又来了！”

我小声问大伟：“怎么叫她沈老太呀？”

“……她男人姓沈，是我爷爷的师父，我爷爷当年学徒，吃住在他家的。”

“那她男人现在哪里呀？在厂里吗？为什么不让她进呢？”

“谁知道，管她呢。”大伟边说边拉着我往车间里走。

那是一个有很多台机器的大屋子，房顶很高，墙角很多蜘蛛网在空气里浮动，墙上到处是一抹抹油灰，窗户很高，但车间里仍很昏暗。很多台笨重的机器隆隆作响，不同颜色的纸张从机器里滚动出来，工人站在机器旁。

我捂着耳朵跟着大伟，绕过机器，来到后面的工作间，顿时安静了许多，眼前是一个大工作台，台面上堆满纸张，几个工人围成一圈，大姥就在这里工作。他手指上套着橡皮套，一打打的纸在他的手里上下翻飞，像变魔术似的，我都看花了眼。

大姥看见我们，停下手里的活，带我们来到后面一个小房间里，房间里没人，也没有机器，只有几张残破的桌椅，墙角堆放着杂物。大姥从口袋里掏出一个纸包，打开来，是厚厚的一打“糯米纸”，我的口水立刻来了。

大姥重新包好纸包，递给大伟说：“出了厂门口才能吃。”我的口水又咽回去了。

大姥领着我们往外走，出了厂门口，那个疯婆子还站在不远处来来回回地走着，门卫远远地看着她，她没再吵着要进厂子，也就懒得管她了。大姥看见了疯婆子，步子立刻加快，回头招呼我们说：“快点走，不要让她看见我。”

我紧随在大伟后面，大姥再次回头催促时，那疯婆子看到了我们。她停止了走路，站在那里，接着三步两步穿过马路，径直走到大姥面前。大姥躲不过，只好停下来。

她眼睛直勾勾地看着大姥，好像大姥就是她男人似的。突然，她伸出指甲很长的脏兮兮的手，一把攥住大姥的袖子，嘴唇哆嗦着说：“——你师父呢？”说着她又走近一步，大姥连忙往后趔了趔，眉头紧皱，显得不知所措，又不停地四处张望，像是怕被人看见。

“你师父呢？我是你师母……你……不认得我了？”她的手紧紧地攥着大姥的袖子，大姥想走也走不了。

“哎……我也不知是怎么了，脑子一阵阵地犯糊涂，怎么想不起来你师父去哪了呢？那天晚上，他刚睡下，来了几个人说是问他点事，他就跟着去了，怎么这么久还不回家来？”她继续跟大姥唠叨着，我看见大姥背过身，像是不想让厂门卫看见。那疯婆子只顾自己唠叨：“我要进厂子，他们——”她忽然停住，睁大眼睛很神秘地凑到大姥耳边，压低声音说：“我知道，你师父就在厂子里，他这个人就是这样，一忙起来就不要命。”大姥终于打断她说：“好好……我这就去找师傅……您不松手，我怎么去找啊？”大姥一脸难色，语气像在哄孩子。

“哦……哦……”她果然松开了手。

“您先回家，我去找师傅，找到了我就跟您说。”

“哦……哦……”那疯婆子像个听话的孩子般连连点头。

终于，她往回走了，走了几步又停下回过头来，大姥一边走一边对她扬了扬手道：“快回家吧！”

我躲在大伟身后，直看着那疯婆子走远。

一路上，大姥只顾低头走路不说话。

“爷爷，她男人到底在哪儿呀？”我听见大伟问。

“死了好多年了。”大姥头也没抬地说。

我瞟了一眼身边的大伟，他的表情是想笑，用力抿着嘴唇，到大姥家时，大姥吩咐大伟把我送回家，他自己先回去了。

这时候，大姥家旁边的小巷子里突然窜出一个男人，往东风一街上跑，紧接着又窜出一个女人，在后面没命地追，边追边哭着大声骂：“去死吧！去死吧你！”

大伟终于哈哈大笑，我不觉得这有什么好笑，但看着他笑我也想笑，他一边笑一边冲着我说：“去死吧。”我也笑着回他：“你去死！”我俩一路傻笑着说着“你死”“我死”的回到了小院。

一拐进院子，我突然想起了什么，对大伟说，有东西你想独吞，大伟也想起来了，他从口袋里掏出那个纸包，分了一半给我。我用手指头沾起一张，一粘到舌尖，它就融化了，嘴里一股奶香。大伟不这样吃，他一大把全放进嘴里，一眨眼，就吃完了，问我要，我不给，他也就不要了。外婆做了我爱吃的葱油卷儿，让大伟吃了晚饭再走，他不肯，说爷爷正等着他回去，拿了一个花卷走了。

在外面玩了一下午，我的肚子早已饿得叽里咕噜乱叫，抓起一个花卷儿大一口小一口吃起来。

“下午大伟带你去哪里疯了，饿成这样？”外婆问我。

“去大姥厂子里了。”

“厂子里待了一下午？功课做了没有？”

我这才想起来老师明天要默书，我边吃边对外婆说：“没有作业，就是温书，明天要默写，我都会了。”

“赶紧吃，吃完赶紧温习，别天天瞎跑，你爸爸回来，问你的学习，你答不上来，我可护不了你。”

我连忙点头，边吃着花卷，心里边想着下午的事。

“我碰到那个疯婆子，还看见她上前和大姥说话呢。”

外婆“哦”了一声说：“她准是问你大姥‘你师父呢’，是不是这一句？”

“是啊，外婆怎么知道的？”

“她疯了以后一见到你大姥，就是这一句话。你大姥在人前躲着她，可背地里却经常去看望，那是他师娘。沈老板活着的时候，他们就住在对门的院子里，我老能看见她，穿着旗袍，盘着纂儿，讲究得很！”

“她今天也穿一件旗袍，不过又脏又破。”我对外婆说。

“年轻的时候是个美人。”外婆说。

“现在像个捡垃圾的。”我笑。外婆不再说话，筷子敲敲我的碗边，示意我快吃。

我是要赶紧吃完去温习功课的。爸爸可不是说着玩的，我要是答不上来功课，他真会拿着鸡毛掸子打我屁股的。

她常出现在两个地方，一是印刷厂门口，再就是在我们小院外的巷子口。现在想来，她虽然疯了，但还是追随着记忆深处的痕迹往返于两个地方，她男人的厂子和自己的家。

# 六　上学了

## （一）

夏天的后半夜，四五点钟，我睡在院里的竹床上，迷迷糊糊被外婆叫醒，一骨碌爬起来，不哭不闹，自己穿衣服鞋子，梳头洗脸，乖乖地坐在那里等外婆。天还未亮，一抬头，天上总有一轮黄澄澄的月亮，又大又圆，天是深蓝色的，星星不多，有几颗极亮，嵌在深蓝色里一闪一闪。

院子里很静，邻居们还未起床，远处偶尔传来几声很响的狗叫。空气清凉透心，我张嘴大吸几口，困意没了，精神就来了，和外婆说这说那，很是兴奋。外婆总把手指头放在嘴上嘘嘘地——提醒我：别吵。我压低了嗓门，但两三句后又大起来，外婆无奈，每回都是手忙脚乱地把个饭盒塞进包里，拉着我匆忙出了院子。

跟着外婆去上班，那是我盼了一个星期的快乐事儿，外婆的车间，就是我的快乐窝。

马路上冷冷清清，没几个行人，偶尔一辆卡车很响地驶过，带起一阵灰尘。路两边的街灯高高地亮着，路灯下一条笔直的马路，马路的尽头就是外婆的厂子。

四周都安静，小城还没有从睡梦中醒来。

“一二一，一二一……” 我学着解放军迈着方步，一边大声地喊口令。

外婆跟在后面说：“蓓蓓前面带路，外婆不记得路喽——！”尾音拉得很长，旋即消散在清早的凉风里。我越走越精神，天是越走越亮，远处的天边已露白，太阳就要升起。路上的行人三三两两多起来，汽车的喇叭声，自行车的铃铛声，收粪车的吆喝，各种城市的声音陆续划破宁静，小城从沉睡中醒来，开始它一天的忙碌。

这时候，街边的早点铺子开始下门板，铺面亮起了灯，炉子上的蒸笼冒着热气，等候着生意。其他的店铺还未开张，在灰蒙蒙的雾气里卧着。

## （二）

外婆工作的车间，那个纸盒的世界，是我梦中的城堡。那车间又大又敞亮，有很高的窗户，玻璃亮晃晃。晴天里，刺眼的阳光透过玻璃投影在地上，我喜欢踩着影子的边缘跳进跳出。车间中央是一张长条大桌，上堆很多纸片，工人围坐一圈，外婆在其中，她们都坐在很高的凳子上。那凳子又细又高，像极了现在的吧凳。外婆坐在高凳上，手拿一根粗针，在纸片的四条边上分别划四条线，接着交给下一个人沿线折起，再交给下一个人怎样做我就不记得了。外婆一进车间，就戴上围裙袖套，坐在那张高凳上没完没了地划呀划。外婆的手很瘦，一层皱皱的皮裹着骨头，手背上的青筋一根根凸起。我常去按她手背上凸起的青筋，问她为啥会这样，我的手为啥没有，她总拍着我的手背说："小孩儿，哪里会这样。"

那时我就想，等我的手也变成外婆那样，那该是条多么漫长的路啊！长大了，才慢慢知道，人生的路无非几个十年，而每一个十年也就弹指一挥间。

车间的一角，堆放着刚生产出来的大小纸箱，散发着股股纸板的香味，那是我们最爱去的地方。我和另外几个也是跟着大人来车间的小孩，齐心合力，用大的纸箱搭建屋子，再找来小纸板搭成桌子，再用一块大纸板竖起来当门。屋子搭好了，我们一块儿钻进去，在自己造的纸屋子里尽兴玩耍，傻呵呵地说笑，大人们并不管我们。现在想来，那实在是让大人很放心的玩法，刚生产出来的纸盒干净卫生，轻便无危险。

我们在纸屋子里一玩几个小时，吃午饭时，也不肯出来。外婆把吃的送到小屋来，我们就挤在纸屋里边吃边玩，多自由！多快乐！这是在幼儿园里想也不敢想的。

但有时也会有小小的风波。那是厂领导来车间突击检查，大人们闻讯迅速把我们转移到安全地带躲藏起来，我们辛苦搭建的小屋被瞬间拆除，但这个经历又给我们带来另一种新鲜的刺激。我们躲在犄角旮旯，从杂物的缝隙中看到来检查的领导表情严肃，我们忍不住地要笑，又不敢笑出声，个个捂着嘴弯了腰，肩膀不停地抖。好在领导的突然袭击并不是很多，大多时候，我们是安全的。

安全的时候，我们的“纸盒城堡”会保存几天，隔日车间里只有我一个小孩时，我会照样钻进纸盒的世界，自己一个人玩，拿几本小人书进去，玩累了，猫在里面睡一小觉。外婆有时过来逗我，她敲敲纸盒房子问：“有人在家吗——？”

“在呀——你找谁？”我在里面快活地回答。我把纸盒门拉开一条缝儿，看见外婆眯着眼睛望着我：“玩饿了吧？”接着递进来两块饼干，有时是一个花卷儿。

“你小时候上的幼儿园是寄宿的，一周接一次。一到周末，我把你从幼儿园接回来，你就像只出了笼的小鸟，扑腾着翅膀快活得要飞，家是说什么也不要回的。先是带你去馄饨铺子里吃一碗馄饨，然后在街上逛，布店、杂货店、中药铺子，一家挨一家逛到天黑透，才能回家。那年月我星期日加班，天不亮就要起床，你从不磨蹭，一喊就爬起来，你就乐意跟我去上班，喜欢到车间里玩儿。周一送你去幼儿园，那就像要把你送进地狱，拼了命地跟我哭闹，我只要说，你要是不听话，周末就不带你去厂里了，哭声立刻停止。”

长大后，外婆对我说。

在幼儿园，一切都由老师安排，何时上课，何时吃饭睡觉，何时上厕所，都有规定，都是集体行动。吃过晚饭，玩过游戏。大家排着队，手拉着手到洗手间排队尿尿，排队洗手，一个人双手搭在另一个的肩上，排成小火车，嘴里呜呜地从洗手间出来。小火车开到一个大教室，教室里小床一张挨着一张，那是我们睡觉的大厅。每人从老师手里接过一团棉线，走到各自的小床边，不准发出声音，脱鞋，上床，盖好被子，开始捋手里的棉线，很快，眼皮打架，渐入梦乡。一切按部就班，每晚如此。

临睡前的时刻最担惊受怕，我是班里最小的孩子，为此老师总对我有另一番“照顾”，她们会在熄灭大厅灯前，径直走到我的小床边，拉开被子，说，起来！再去一次厕所！

“刚去过，现在没有尿尿。”我胆怯地回答。

“没有也要去！夜里不准起夜！几乎每天晚上都尿床，拉尿都不知道，开什么后门进来的。”老师语气严厉，两只眼睛像灯泡。

我想哭，想要外婆，可我又知道哭没有用，外婆不会来，外婆要到周末才来接我。小时候，我跟外婆很淘，在外面却胆子小，尤其怕老师，经她这么一吓唬，我几乎每晚都是“大水冲了龙王庙”了。

一次，睡到半夜，我醒来，觉得屁股不舒服，一摸，湿了一大片，我又尿床了！巨大的恐惧感在那一刻袭遍我的全身。

我开始了人生第一次冒险行动。

我极其小心地从床上爬下来，不能穿鞋，光着脚丫独自穿过黑暗大厅，穿过一张张小床，没有声音，像鬼魂飘过。穿过老师的大床时，我快速瞥了一眼熟睡中的老师，月光下的脸很是惨白。溜出睡觉大厅，隔壁是我们的教室，每天下午我们坐在这里，两手背后，后背挺直，听老师讲课。我借着月光轻手轻脚地穿过很多桌椅，要非常小心，碰到就会发出剧烈声响。我走过漫长而又惊险的路程，成功来到一个大柜子跟前，打开柜门，把里面的玩具小心挪到一边，自己钻进去，缩成一团，从里面关上柜门，一系列的动作都在黑暗中悄无声息地进行，像个计划周密的老练间谍。

现在想来，这小小的身体竟可以在那一刻产生如此强大的勇气，这勇气来自对老师发现我尿床后的恐怖联想。不知过了多久，我迷糊地张开眼睛，看到了老师那张睁大眼睛的惊讶大脸，她的身后是几个同学伸着的小脑袋，同样是一脸的惊讶表情。我至今都固执地认为如果爸妈不把我送进那个高级幼儿园，我的童年会快乐许多。我在周末享受了完全的自由，随之到来的周一就像末日来临，我知道我必须要回到幼儿园并在里面呆上漫长的五天，才能再一次见到外婆时，我拼命大哭直到嗓子哭哑。我的反抗终于取得阶段性胜利。外婆让步，决定带我去她厂子里的托儿所缓一个星期，我初尝胜利滋味，一星期后的周一，我如法炮制，如愿以偿地在外婆的厂托儿所待了近一个月，直到爸妈从乡下回来。

厂托儿所并不是真正的幼儿园，倒像个羊圈，两个车间中间有个较宽夹道，在夹道两端加上临时的围栏，里面圈着五六个孩子，有一个阿姨照看。厂里的职工，临时孩子没人看管，就放到这里，这里没有玩具，更别说宽敞的教室，整齐的桌椅。但是我喜欢，我喜欢这“羊圈”。在“羊圈”里，没有凶巴巴的老师临睡前呵斥你尿尿，没人半夜掀你被子，检查是否尿床。最重要的，我知道外婆离我很近——就在墙的那一边。外婆对我说，你在墙的这边玩，外婆在墙的那边上班，你一喊，外婆就过来了。

我是多高兴！

成年后曾问我妈，为何不让我去外婆厂子的托儿所。妈说，那个托儿所不正规，什么也不教，就是看着孩子别乱跑，你小时上的幼儿园是当时市里面最好的一家，都是机关干部的小孩才能进的，不托关系根本进不去。

在我看来，学龄前的孩子不需要学习任何所谓知识。幼儿园最大的职责就是在父母无暇照顾时，将孩子集中在一个场所，保障其安全的同时让其吃饱、穿暖，带领他们玩适当的游戏，以帮助身体发育。开心快乐地成长已经足够。

我的尿床生涯一直持续到小学三年级。

## （三）

当我离开幼儿园，快要上小学时，妈妈从乡下调回来了，爸爸也回城了，但是没回到贝城，而是去了离贝城不远的另一个城市，又过了几年，爸爸才从那里调回到贝城，一家人总算得以团聚。

爸说，他工作的地方是一座煤城，有很多煤矿，他在一家大医院工作，那家医院叫矿工医院。爸不常回来，那对我倒是求之不得，我不喜欢爸爸，他总对我那么严厉，一回来必要每天检查我的功课，还给我定很多规矩，不准动不动就去邻居家串门，不准随便吃邻居给的东西，大人讲话不要听，更不能随便插嘴，不准这样，不准那样，每次他对我重复这些话时，我都在心里说，你快点走吧。

爸这次回来说，要把我带走，去他那里上学。这个消息简直像五雷轰顶，我背地里和外婆哭，和妈妈闹，妈说，“东风一小”的名额已满，他们正在托人想办法，但这几个月要先去爸爸那里上学，这边一有位子，马上接我回来。”

“我为什么一定要上学，我不要，我要和外婆去上班。”我哭着对妈说。

“厂子里不准带小孩，外婆已经被领导批评了。”妈说。

“我就是不去……”我开始抗争。

“不去你想干什么，该上学的年龄不上学，想做野孩子……”妈提高了嗓门。

“我要跟外婆，不要跟爸爸……”

“我已经和你说了，这是暂时的，等‘东风一小’有了名额就回来，最多两三个月。”

“那就不能迟两三个月再上学吗？这几个月我跟外婆去厂里……”

“不要胡搅蛮缠，你这一套在我这里不管用！”妈不再搭理我，任我独自站在那儿哭个不停。

爸走了过来，哄我说：“爸爸工作的地方，是家大医院，你不是想当医生吗，那里都是医生，你去了，爸爸给你准备了好多医生用的东西，什么针管啊，棉球呀，纱布呀，还有针头，还有听诊器……”爸爸做出拿个听诊器在我胸前听的样子。

“真的吗？”我开始停止哭泣。

“那当然啦，爸爸什么时候骗过你，都准备好啦，装在一个崭新的针盒里，就放在你的床头，爸爸还为你准备了一张专门属于你自己的崭新小床，你做了一年级小学生了，不能总和大人睡。”

爸爸的话让我对那个新地方产生了几分渴望，多少抵消一点我离开外婆的不情愿。想一想很快就会有一套全新的医生道具，出去玩时，他们又不知该怎么羡慕了。再看看妈妈，她的脸上分明写着不可动摇。

我低头小声问她：“我什么时候动身呢？”

## （四）

我迷迷糊糊地醒来，妈说，到了。下了车，还没站稳，就闻到空气里一股消毒水的味道，我的眼前是一条干净的马路，两边都是房子，有楼房，也有平房，都是白色的外墙，窗户清一色的淡蓝色窗帘。马路上时有穿白大褂的人从眼前走过，路边长椅上坐着三两个人，穿着病号服，我知道这里就是爸爸工作的那家医院了。到处都那么新奇，我好奇得两眼不够使，左看右看，问爸爸："我们住在医院里？"

"在后面，家属区——"爸走在前面，拎着沉沉的包大声说。我们在一排整齐的红砖墙的房子前停下，爸打开一间房间的门说到了。

我急不可待跨进去一看，这屋子好大，光线很明亮，靠窗一个写字台，紧挨着写字台是一张床，屋中间有道蓝色布帘，我拉开帘子，靠墙也有一张床，床头簇新，铺着整齐的蓝色床单，枕头上放有一个医用针盒，不要说，这一定是爸爸给我准备的礼物喽！我来不及打开，果然里面有好几只大小不同的针管，新的，还有棉球、棉签、胶布……我如获至宝，高兴得直拍手，拿出一根针管就往妈的屁股上扎。

"爸爸没骗你吧？你看，这里多好，屋子那么大……等过两天你去了新学校，就会有新朋友。"妈笑着对我说。

"嗯——反正也是临时的……"我低头摆弄着针管说。

"怎么刚来就想着回去，这里不好啊？"妈问我。

"好——好吧——"我脑子还在想着针管。

"还带个'吧'字……"妈笑着对爸说。

第二天的中午，我和妈妈午睡醒来，看见写字台上有一个饭盒，我打开一看，是一盒冰棍，有我最爱吃的豆沙冰棍，还有几根是奶油的。刚睡醒，正是又热又渴，我拿起一根，剥去冰棍纸就吃起来，又拿一根给妈妈。

妈接过冰棍说：“一定是你爸拿回来的，看我们正睡觉，没叫醒我们。明天我送你去学校，学校不远，出了医院大门，就在马路对面，我明天送完你，就坐火车回去了，妈妈也要上班。”

妈接着说：“你看，爸爸这里多好，屋子那么大，有自己的小床……还有不花钱的冰棍吃，多少小朋友想还想不到呢？”我点点头，可心里却酸酸的，我舍不得妈走。

第二天一大早，妈就把我叫起来，刷牙洗脸，穿好衣服，整理好书包，爸爸已经从外面买回了我爱吃的油条豆浆，爸妈今天看上去那么高兴，好像他们要去上学一样。

妈一个劲地说：“从今天起，你就是一年级小学生啦！要好好学习，将来考上大学，完成爸妈没有实现的梦想。”爸爸夹给我一根油条，又说：“你们现在的时代多好，只要成绩好，就能上大学，不像我们那时候，成绩再好也没用，都要下农村，我和你妈当年都是学校的拔尖生，我的俄语成绩最好，当时我们的俄语老师是拍着胸脯说，我的成绩一定能保送进北京外语学院的……”

我低头吃饭。

不知为何，我高兴不起来……

上学后的第一个周末，爸爸带我去他一个朋友那里，那个叔叔在供电局工作，他们的家在供电局的家属区。那天我有了新的朋友：跃军、跃民两兄弟，爸爸朋友的两个儿子，比我大几岁，我第一次看见哥哥跃军，就想起小院里的大军子，他们是那么像，都是又高又瘦，脖子细长，两只大耳朵，一条红领巾油条一样的系在脖子上，嘴边总挂着鼻涕。他的弟弟跃民比他哥强壮，他常欺负他的哥哥，一副很不屑的表情说：“哼！敢跟我打架，鼻涕虫！”就像院里的大军小军。因为跃军和大军子相像，我自然就和他亲近些。跃军是大哥，有他带着他弟弟和我出去玩，大人们也就随我们去了，后来又有爸的另一朋友家的两兄妹加入，那家的哥哥比跃民小一岁，妹妹和我差不多大，当我们五个一起出去玩时，大人便同意我们去远一点的地方，我们三个男孩两个女孩成了一个小分队，开始离开大人独立地穿梭于矿工医院和供电局的工作区和家属区。

第一个学期结束，暑假来临，这是我在煤城过的第一个暑假，爸说我长高了，也晒黑了，随着我的身体一同成长的还有我的心智，我开始有了小小的自信，见人不再怯生生。当小分队来到我家，我开始像个小主人一样招待他们，打开碗橱，拿出饼干桶，把里面的饼干、糕点全拿出来，还有爸爸几天前刚给我买的大白兔奶糖，统统摆在桌子上。他们也不客气，拿起来就吃，吃的速度极快，有时饼干太少不够分，我就忍着自己不吃，让给他们，可我是那么想吃，那是妈妈来看我时特意捎来的。

可是在这样一个新地方，我需要朋友，看到他们在我的家里，吃着我给的点心，看着他们吃得快活，我是多满足。一来二去，他们熟了，再来我家时，索性自己去橱柜，拿出饼干桶，掏出里面的点心糖果，大模大样地吃起来，好像在自己家一样，当跃民抓起所有的大白兔糖，按人头平均分下去时，他没有想到我，他把我排除在了他们之外。当他们迫不及待地剥去糖纸，把糖塞进嘴里时，不知为什么，我忽然有些害怕，这时我想起了爸爸。可当他们嘴里含着糖，七嘴八舌地说一会儿要带我去哪里玩时，我又感到了温暖，随之来临的亲切感又抵消了之前的害怕。

医院有个新游泳池，你知道吗？跃民突然问他的哥哥。

“但是只有医院职工才能去游，我们进不去的。”跃军一边说，一边把一块饼干塞进嘴巴里。

他们说游泳池，我想起来，爸爸前两天说有空带我去游泳，说着把两张游泳票放进了写字台抽屉里。

“我好像有票。”我对跃军说。

弟弟跃民顿时眼珠子发亮，他凑近我问：“你有票？在哪儿？”

爸爸床头的写字台有三个抽屉，中间一个上了锁，两边的没有，我打开一个抽屉，贴着抽屉边有一打饭票，橡皮筋捆着，我中午放学，爸爸要是回不来，我就从这里抽出饭菜票去旁边的食堂打饭。

“也许在那个笔记本里夹着。”跃民说着就把手伸向抽屉里面。我瞥了他一眼说：“让我自己拿！”跃民缩回了手，我从抽屉最里面掏出那本有着红色塑料封面的笔记本，我常看到爸爸晚上会在上面写些什么，打开笔记本，果然看到几张游泳票夹在里面，我还发现了一张簇新的一块钱纸币塞在塑料封面套里，没完全塞进去，露了一个角在外面。

“蓓蓓，我们带你去游泳好吗？那个泳池是新盖的，又大又好。”说完跃民用期待的眼神看着我。哥哥跃军这时候也在看我，同样满含期待。我多想拿泳票请他们游泳，这样他们就会常来带我玩了。可爸爸说过，要他亲自带我去才行，我心里害怕，可我又那么想去，我联想着热得黏糊糊的身体一下浸入清凉的水里时的舒服……

终于，我从笔记本里抽出泳票对他俩说：“好吧，我们去。”

我打开柜子找了件换洗衣服，可心里还是有点发虚。我望着跃军说：“爸爸会骂我的。”

“没事，马叔叔要是骂你，我就跟他说是我们的主意。”跃军对我说。我这才放心了。跃军只比我大三岁，可在我眼里，就是个大人。

弟弟跃民这时候指了指抽屉对我说：“刚才我好像看见笔记本里夹着一块钱，不如拿去买冰棍吃。”

“大人的钱不能拿，我爸会打我的。”

“又不是从钱包里拿钱，那一块钱放在笔记本里一定很久了，马叔叔根本是忘了，你拿了他也不会发现的。”我觉得也有些道理，又看了看他哥哥跃军，他看着我们不说话，只是把头转向窗外，我随着他也向窗外看去，外面骄阳似火，这么热的天，吃个冰棍，也许爸爸不会说什么的。我这样想着，就打开抽屉，从笔记本里小心翼翼地抽出那一块钱，和三张泳票一起交给了跃军。锁了门，直奔泳池。

那天我们不知在泳池里玩闹了多久，等我们出来，天已经擦黑，我隐隐感到了事情的不妙，心里慌起来，但也不知该怎么办，弟弟跃民用我的一块钱迅速跑到医院门口小卖部里买了三根豆沙冰棍，把其余的钱还给了我。

“你们送我回家。”我看着他们。

两兄弟看上去有些迟疑，但哥哥跃军很快说：“还是把她先送回家。”

我走在前面，他们跟在后面，我刚才的慌张感觉越来越强烈，快到家门口时，迎面一个穿着白大褂的阿姨冲着我走过来说：“你是蓓蓓吧，还不赶紧回家，你爸到处找你。”我回过头去，显然他们都听到了白大褂阿姨的话，更加退缩不前了。弟弟跃民这时不断扯着哥哥的袖子，想要往回走，哥哥跃军脸上的表情显得犹豫不决，我不知道那一刻我的勇气从哪里来，我不再看他们，更没有祈求他们陪我走回家，我低着头一个人往前走，去独自靠近恐惧的源头。

鸡毛掸子如雨点般抽在我身上，从空中划下的嗖嗖声在耳边响。我哇哇大哭，躲闪，隔壁赵叔叔听到哭声赶过来，很响地拍门，大声说：“小马！不要吓着孩子。”又听到赵姨的声音：“不要打脸，小心打坏孩子！”敲门声一直持续，爸这才扔掉鸡毛掸子，去开门，赵姨冲进来一把搂住我，我在她怀里哭得更伤心了，那一刻，我觉得赵姨就像妈妈，我多想现在妈妈在，外婆在，他们一定会拦住爸爸，不让他下这么狠的手。

爸爸气呼呼地说着我的罪状：“你看她胆子多大，跟几个孩子去新泳池游泳，背着我拿走泳票，这还不说，还拿大人的钱！”赵姨一边安慰在怀里哭得一抖一抖的我，一边说：“怪不得你爸发这么大的火，那个泳池可不是给孩子游泳的，那是给病人康复使用的，你跟几个小孩去，万一出什么事，你就永远见不到爸爸妈妈了。”我的心里有好多话要说，可又不知从哪里先说，脑子里一团糟，挨打的腿火辣辣地疼。我眼泪汪汪地望着赵姨，想起了什么又“哇”的一声哭起来：“我不要住这里，我要回小院……”

晚上临睡前，我靠在床头，刚才的暴风骤雨过后，现在好累，眼皮直往下沉，透过布帘，我朦胧地看见爸爸也坐在床头，正低头抽烟，爸爸极少抽烟的。我又紧张起来，心想他会不会边抽烟边想着刚才的事，把我从床上拎起来再打一顿，想到这里，我抬手拉灭了床头灯，睡下了，昏暗中我摸着自己的腿，被鸡毛掸子打得鼓起一道道印子发着烫，我的眼泪直往下流，我使劲地咬着嘴唇不哭出声，怕爸爸听见……

我多想回小院去啊!

第二天，我像丢了魂一样，呆坐在桌子前，不说话，也不出去玩。爸临出门前对我说，今天他要去矿区，中午回不来，要我拿饭票去食堂的特护窗口打饭，那里的饭菜好一些，说他已经和打饭的师傅打过招呼了，让我直接去就行。我收好饭票，点了点头。爸出门了，我一个人坐在床沿，又想起了昨天的事，游泳回来，那两兄弟看见爸爸怒气冲冲地站在屋子门口时，就一溜烟地跑掉了……

中午我拿着饭盒去食堂打饭，走到门口，低头看看自己的腿，我又回屋，脱下裙子，找出一条裤子换上，裤子有点短，我用力往下拽了拽，好挡住脚面上那道鼓起的红印，我不想让人看见我挨打了。

不知是我的这次挨打让妈妈加快了让我回贝城的速度，还是我上学的事情恰在那时办好，在那个暑假即将结束时，妈来到了，见到我的第一句话就说：“你可以回去上学了。”“真的？”我高兴得跳起来，拍着巴掌问妈妈，“什么时候动身？”“过两天走，还有很多事情要办。”妈说。

临走的前一天，跃军，跃民两兄弟的父母请我们吃饭，说是给我们饯行，我执拗着不愿意去。妈对爸爸说：“那就算了，还要收拾行李。”爸爸也就没再坚持。第二天一早，爸爸把我们送到车站，我和妈坐上了回贝城的火车。

从那以后，我和这两兄弟便再也没见过。

不久，爸爸的工作也调回了贝城，一家人终于在小院团聚了。

## （五）

我的新学校叫延安里小学，在东风一街的另一头。每天早上，我背上书包，出了小院，走到水果摊子的十字路口，再沿着东风一街的左手边一直走下去，经过美琪布店，大姥家，中药铺，印刷厂，酱园店，街的尽头就是我的学校。

自从爸爸和许大大回来了小院，院里的奶奶们说，回来的好，这院里缺阳气。我家和许家最近，爸和许大大碰到了就要在院里聊一阵，天南海北的，聊到开心时，两个男人哈哈大笑，笑得屋子都在发抖似的。

许大大和爸爸回来了，这院子比以前热闹了许多。

我家屋门前有块巴掌大的空地，正好放一张小饭桌。早上，妈把小饭桌支在这里，摆上刚买回的油条，外婆煮的稀饭，桌上一定少不了那台收音机，砖头大小，银白色的外壳，一条可伸缩的天线，白天用不到。爸爸常在深更半夜躺在被窝里听收音机，有几次，我被吱吱啦啦的电流声吵醒，看见爸爸把收音机天线拉得很长，不停转动着方向。

每天早上的“各地新闻联播”，是爸爸必听的，听得极其专注，我只要一说话，他就厉声制止。

几乎每天的早饭，我们都是在播音员铿锵有力的声音中结束。

收音机里说的事我听得迷迷糊糊，可播音员的声音真是好听，从那个小匣子里传出，那么清楚响亮，好像他们就在里面，一喊就能走出来似的。我知道那声音来自北京，我不知道北京在哪儿，只知道它是中国的首都，离贝城很远。我还朦胧地知道它是很多事情的标准，我们跟它不一样，那一定是我们的不对，就全以它为标准，全向它看齐。就说时间吧，每逢整点报时，收音机里就会重复一句话：“……刚才最后一响，是北京时间 xx 点整”。这时候，爸妈会同时看一下手腕上的表，校对时间。

那时家里有一个挂钟，深棕色，大而笨重，挂在墙上像个古董。一到准点它就当当地报时，声音悠扬，传得很远。

我拿起一根油条，掰了一半递给爸，他正专注地听广播。

“给你油条，爸。”

“别说话！”他提高声音，头也不抬。

他突然提高的嗓门吓了我一跳，我心里一阵委屈，妈看出来，用筷子敲敲我的碗边说：“你吃，别管他，吃完赶紧上学。”我把油条泡进豆浆里，这是我最爱吃的早饭。我看见爸爸索性不吃了，他放下筷子，拿起半导体把音量调大，头侧向一边，眉头皱起来——

突然，他一拍桌子，大喊一声：“打起来了——打起来了……”

隔壁屋的许大大从屋里走出来，手拿刷牙缸子，可能是听到了爸的那一嗓子。

“真的——？真打了——？”他边说边走过来，身子前倾，伸长脖子听起来，我刚才还委屈，可看着两个大人严肃的表情，又想笑了。

那段日子，收音机里还常说一句话：“人不犯我，我不犯人，人若犯我，我必犯人！”播音员声音洪亮，斩钉截铁。院里的大人们呢，每每听到这句话后总会再说上几句：“小小的越南也敢和咱们中国打，也不掂量掂量自己，就要给它一个教训，让它知道我们中国人不是好惹的……”

这句话是什么意思？我问爸爸。他说，就是我们不会主动欺负别人，但是当别人欺负到我们头上时，不反击则已，反击就要对方永远记住，再不敢欺负你。

我的新学校是男女生同桌的。我同桌的男生是班上有名的调皮孩子，他用小刀在课桌中间刻了一条三八线，上课时不看黑板就盯着我的胳膊，只要我稍一不留神越过三八线，他立刻用胳膊肘顶回来。

那天的语文课上，我正专心听讲，突然胳膊感觉一阵刺痛，我“啊——”地叫出了声，一看是同位的男生因为我过了线，竟然用削得极尖的铅笔头扎我的胳膊，不知那一刻哪来的勇气，我噌地从座位上站起来，一把抓起他的铅笔盒，用尽全身力气啪地摔到地上，铁质笔盒摔在水泥地上，瞬间一声刺耳巨响，铅笔、橡皮、尺子滚了一地。几乎同时，我的手指直直地指向他的鼻尖，一个字一个字地蹦出来：“人不犯我，我不犯人，人若犯我，我必犯人！”全班鸦雀无声，几秒钟后哄堂大笑，班主任站在黑板前，拿着粉笔的手停在半空中，怔怔地看着我。那一刻，我觉得自己像个英雄，像个越南战场上英勇的解放军战士。

## （六）

进入新学校后，因为我的语文成绩好，很快得到班主任尹老师的偏爱，她是我们的语文老师，她选我当上了语文课代表，每天负责收全班的语文作业，谁欠缴功课，我就记下名字交给老师，我的作文还常被尹老师在全班朗读，这小小的荣誉给了我自信，抵消了新学校的陌生，我也渐渐喜欢上学。

可有时仍觉孤独。

在新学校没过多少日子，我发现班里的女同学大多是来自同一条街，甚至同一个院子，之前就熟络。小息时，各自找各自的玩伴，很快就分成几个小群体。我中途插班进来，和谁都不熟，加上班主任老师喜欢我，她们觉得我是和老师一头的，玩的时候，并不邀请我加入。我独自站在一边，看着她们跳皮筋，踢毽子……

对于一个孩子来说，没有比被集体疏离更感觉孤独的事了。

在班里，有一股很强大的力量来自一群女生，她们住在河坝一带。从小院出来沿左手边一直走下去，就到了河坝，浑浊的淮河水平静地从这里流过，外婆曾带着我在夏天的傍晚来到这里，沿着长长的堤坝寻找一种叫芦根的植物，外婆血压高，说喝了芦根水可以降血压，但外婆从不准我独自来，她说，这一带很乱，坝子底下的孩子野得很。

这群女生的家里大多在船上做事，家庭相互间也都沾亲带故，她们的模样打扮也都差不多，几乎都是一头长发，高高梳起，在头顶处编一条辫子，又粗又紧，发根系条红色或绿色很扎眼的头绳，有的还在辫梢系上鲜艳的蝴蝶结。身上衣服都不太合身，像是妈妈或姐姐穿小的，她们的表情和说话也显得比实际年龄成熟。而我呢，妈妈不给我留长发，一年四季都是个娃娃头，额前一道齐齐的刘海儿，像个门帘子， 除非是大夏天，门帘子贴在脑门上实在太热，刘海儿稍长一点了，妈才给我揪个小辫儿，顺在耳朵后。可一到天凉，又一剪子剪回去。我多羡慕她们有一头长长的头发。

她们在一起时，爱说悄悄话，常神秘地凑近对方的耳朵边，叽里咕噜地不知说什么。我在一旁看得好奇，心里想，有什么样的秘密呢？一次小息，她们看到我，其中一个凑到另一个的耳朵边小声说着什么。接着两人看着我哈哈大笑起来。我奇怪，走过去问她们："你们笑什么？"

"笑你了吗？"她们说。

"你刚才说话的时候明明是在看我……"我执拗地反问。

"那又怎么样，看你不顺眼，怎么了，不行吗？"那个女孩把粗辫子一甩，一脸不屑。

她们很抱团，紧接着四五个女孩走过来把我围住。

“我哪里不好吗？你们为什么不喜欢我？”我问她们，声音微微发颤，我感到势单力薄。

“哈哈哈……看她，都快哭了……”她们大声哄笑起来，其中一个说：“走吧，要不她该报告老师了。”她们边说边大笑着走开了。

我涨红了脸，回到教室。

没过两天，这样的情景再次发生。

我开始在上课时走神，一次语文课上，尹老师的粉笔头向正在走神的我砸过来，之后的结果是妈妈来到了学校，当我被叫到办公室时，妈妈已经来到。我低头不敢看她，脑子里嗡嗡乱响。我只听见妈临走时对尹老师说：“她是个心很重的孩子，您多费心了。”

出乎我的意料，事后，妈妈并没有因此责备我什么，当同样的情景又出现几次后，妈妈坚定地对我说，这间学校不适合你。并开始张罗为我转学。

实际上尹老师一直对我偏爱有加，当她看出我在班上被这群来自河坝的孩子有意无意地排挤后，她把我从第三排调到了第一排，以便可随时在眼皮子底下看到我，我个子高，挡住了后面的同学，她又把我调到了第一排靠墙的边位上。回家后，我把调位子的事告诉了妈妈，妈说，你要谢谢老师，我问妈，尹老师为什么喜欢我，是因为我的作文成绩好吗？妈笑笑说，不光是这个原因，上一次去学校，她对我说，你和她的女儿性格很像。

尹老师对我特别的照顾，并没有换来河坝的小团伙对我的友谊，尹老师在时，她们表现出和我很要好，可尹老师一走，她们又回到原本的抱团状态，对我爱理不理。

我始终快乐不起来，直到我离开那所学校。

## （七）

于蓓蓓是妈妈同事的女儿，我常去妈妈的单位玩，她也常去，这样我们成了朋友。我们的名字里都有一个“蓓”字，因此小名都叫“蓓蓓”，有时大人们喊：“蓓蓓——”我们两个都回头。她天生一头的自来卷儿，像个洋娃娃，后来为了区分我俩，大人们喊她“小卷毛蓓蓓”，或者干脆叫“小卷毛”。那称呼里透着对她的疼爱，于蓓蓓的妈妈似乎看出了我的小心思，说：“你的眼睛又大又黑，所以你是大眼睛蓓蓓。”于是，我们各自有了自己的绰号，当我们同时出现时，大人们就会喊：“小卷毛，大眼睛，过来……”

于蓓蓓为什么也转到了延安里小学，我已经不记得了，当妈妈告诉我，她下礼拜一就去我的学校并且和我一个班时，我兴奋了整整一晚上。我再不担心小息时没人和我一起玩了。我多了朋友，那些河坝女生也许不敢没事找我的茬了。我躺在床上想，我要告诉她好多班级里的事，尤其是那些河坝的女生，我们每天一起上学，一起放学，小息一起玩耍，放学后今天她来我家做功课，那么第二天呢，我就去她的家做功课……我想着想着不由得笑出了声。

我盼望着下礼拜一快点到来。

后来发生的事情证实她比我想像的要强大得多，她根本无需我的照顾，她第一天来到新学校，并不像我刚来时那样胆怯，我从几天前就默默蕴蓄的对她的关心和照顾显得可笑而且多余。

周一上午，她来到了学校，第一次小息，我俩在操场上玩沙包，当那些河坝的女孩用同样方法，一面看着她一面相互窃窃私语时，于蓓蓓并不像我那天一样不知所措，她不慌不忙地走到她们中一个高个子女孩身边，凑到她耳边，手挡住嘴巴，神秘地说了一阵，那个女孩边听边不住地点头，接着立刻像老朋友似的喊她一起跳皮筋儿，于蓓蓓那么轻易地在第一天就冲破防线，融入了她们的阵营。我站在那里直发呆，半天没缓过劲来，这让原本就有些自卑的我对她更加刮目相看。放学回家路上，我问：“你和她们说了什么？”她没有直接回答我的问题，只是很不屑地说了一句：“她们和你一样笨！”她说我笨，我并不生气，我早已承认她比我聪明，大人们也都这么说。虽然她的回答让我一头雾水，可我也不敢再追问她。

快到她家时，她忽然对我笑嘻嘻地说：“我和她们只是表面的，我只和你做朋友。”我心里一阵暖，说：“我想去你家做功课。”“好啊。”她笑着答应。那天，我在她家里做完功课，又一起玩，一直到她的妈妈下班回来，我妈妈也该到家了，这才收拾书包回家去。

可我很快发现，“我只和你做朋友”这句话，完全是她对我的安慰。实际上，是我一直只和她做朋友，只和她玩，她是我的唯一，但她除了我，还有其他的朋友，显然我不是她的唯一。每回在学校，我看见她和其他同学尤其和那些河坝的同学在一起时，心里有说不出的滋味，但当她单独和我一起玩时，我又会非常快乐。

和于蓓蓓在一起，我总是有点自卑的，觉得没有她漂亮，没有她那样的卷发，还有好看的裙子……大人们见了，也总是先夸她：“小卷毛，真漂亮！”然后捎带着对我说一句：“你也好看。”

我问妈妈：“为何她的头发一生下来就是卷的，我为什么不是。”

“直发也很好看。”妈对我说。

“你呀，就像这小金鱼，”妈走到鱼缸边指着一条不起眼的小黑鱼对我说，“你觉得它现在漂亮吗？”

“不漂亮呀，黑乎乎的，尾巴那么小。”我说。

“嗯，那是还没长开呢，你过一段时间再看，它就不一样了，尾巴全都扑啦啦张开，乌黑闪亮的大眼睛，会是这里面最漂亮的一条。你呀，就像它，别着急，到时候就出落出来了……”

妈的话，我似懂非懂，我不知自己何时出落出来，但妈妈的话多少给了我一些自信，和于蓓蓓在一起时，听到有人夸她，我便会想起妈的话，我是小金鱼，到时候你们再看吧……我在心里说。

有一回于蓓蓓直直地盯着我看，笑着说：“你像个豆芽菜。”

“我是小金鱼，我妈妈说的。”我一本正经地回答她。她听后哈哈大笑。那笑的样子如此熟悉，让我想起班里河坝上的那群女孩。那一瞬间，我觉得她有些陌生。

但我真的没什么朋友，所以一有时间便会溜去她家，一起做功课，一起玩，只要一玩起来，我也什么都忘了，常常疯得一头汗，妈来叫我回家吃饭，这才作罢。

一个平常的夏天早上，我和往常一样去她家约她一起上学，临出她家门，她的妈妈对我说，她的脚昨天不小心扭伤了，走路可能不方便，这两天麻烦你路上扶着她点儿，在学校上厕所时你可能也要扶着她去。

“好的！阿姨放心！”我爽快地答应。

上学路上，我便小心翼翼地扶着她。

一直把她扶进教室，扶到座位上，又叮嘱她，要去厕所，一定叫我。我一直看她坐好后拿出课本文具，才转身回到自己座位上。第一堂是我最喜欢的语文课，上课铃响过，尹老师走了进来，她先是朝我点头笑了一下，接着对着全班说：“刚才我在操场看到了很感人的一幕，这种同学间的互助友爱，发生在我们班里，值得全班同学向她学习。”尹老师一说完，大家的目光齐刷刷地向我看过来，我顿觉心跳加快，脸在发烧，不好意思地低下头去。可心里别提多高兴了。

在满心的期待与焦躁中我终于等到了下课，尹老师一走出教室，我就立刻回头直盯着于蓓蓓，只等她一声令下，立刻冲上前去。可是，她好像迟迟没有去厕所的意思，只顾着和邻座的同学聊天，上课铃响了，我转过身，不知怎么，心里竟有小小的失落。

好不容易又到小息，我又一次回过头去，于蓓蓓正低头收拾书包，我走过去，低声问：”你要去厕所吗？”她抬了抬眼皮，看了我一眼说：“不用。”随后又低下头去。我站在那里，不知做什么好，她看着像个木桩一样的我，嘴角微微向上一扯，想笑又极力忍住的样子。一直以来的自卑此刻像小小的甲壳虫，慢慢爬上我的心头。

我重新坐回自己的座位，心里有说不出的滋味。快到上课时，终于忍不住，我再次上前问她："你怎么这么久都不上厕所，会憋坏的……我扶你去吧。"于蓓蓓看着我，睁大眼睛，表情明显的不耐烦。她的同位笑嘻嘻地冲着我说："她要去厕所的时候，自然会叫你，你不用总是问了。"说完，捂着嘴咯咯笑起来，于蓓蓓也跟着笑，同时瞟了我一眼，那眼神像一根针扎在我的脸上。在她们的笑声中，我涨红了脸。回到座位，我感到后背发烧，此刻一定有很多双眼睛盯着，我的脸也在发烧，我怕同学看见我的窘相，低头假装看书，心底里的自卑此时已变成一个巨大的黑洞，我一头栽了进去，眼前一片漆黑，脑子嗡嗡响。后两堂课老师讲的什么，我全不知道，我难过极了，我想起了妈妈，我多想一步跨到家，跟她说我的委屈。

终于熬到放学，于蓓蓓今天没有像往常一样和我相伴回家，而是跟别的同学一起走的，我和她们分别走在马路两边，当我往马路对面看时，她也正朝我这边看，我倔犟地转过头不再看她，心里面想，就算你不想去厕所，也要顾及一下我，不能是那样的态度让我下不来台，更可气的是她竟然和其他同学一起笑我。我越想越委屈，鼻子一酸，哭了。

走进院子，迎面碰到妈妈正要出去，还未张口，眼泪就流了下来。妈把我拉回家，我把事情的经过原原本本地告诉了她。妈先是笑笑，然后看着我，神情坚定地说："你做得对，我的女儿很善良。”

“可为什么她今天这样做，放学还不和我一起回家？”我满肚子委屈。

“是她的不对，她不配和你做朋友！”妈又一次看着我说，语气坚定，不容怀疑。

妈妈总是在这样的时候给我莫大的鼓励，尽管她有时对我也极其严厉，但我仍觉得有这样的妈妈是我一生的福气，要知道我在那样的年纪，那样的性格，来自妈妈的一句鼓励的话是怎样温暖和呵护着那颗脆弱、敏感的心啊！

一年后，妈妈把我转去另一所学校，那是一所区重点小学，离家较远，我每天要很早起床，功课也渐渐多起来，于蓓蓓仍在原来的学校，我们很少见面了……

有一回于蓓蓓直直地盯着我看，突然，她笑着说：“你像个豆芽菜。”“我是小金鱼，我妈妈说的。”我一本正经地回答她。

# 七 许大大

（一）

我的故乡——贝城，地处长江中下游辽阔的平原。过了农历年，一进三月，春就悄悄地来了。

最先看到的是家门口的水缸边向阳的地方，不知何时就冒出一棵绿色的小草，它从缸底下小心翼翼地探出头来，搬开上面的砖头一看，下面一大片的草皮都返了青，若不是压在砖头下，或许已冒出一大截的绿了。出了院子，是一条大街，街的尽头是一条长长的河坝，那是春姑娘最早去的地方，坝子上有一排排的柳树，干枯的枝条上已吐了芽苞，过不了多久，那芽苞就会抽出细长的柳叶，沉沉地缀满在枝头。春来了，风儿也变得柔和起来，坝子上的空气混合着松软的泥土味道和河面上不时飘来的鱼腥味。再过几天，这河坝就会变成一片绿草滩，再过上些日子，不远处的小山坡上更会开满金灿灿的油菜花，惹来蜜蜂嗡嗡飞舞，一片热闹。到那时，空气里又会飘着阵阵好闻的油菜花的清香了。

在小院里，我家和许家挨得最近，也最熟络。许大大是许奶奶的大儿子，院里的大人们都喊他许老大，我们小孩便喊他许大大（大伯的意思）。许大大看上去四十多岁，高高的个儿，白皮肤，黑发里掺杂着些许的白发。他结婚的时候，头发一夜之间全变黑了，邻居们说是染的，还有的说，他根本没有头发，那满头的黑发，是买回来的假发套。因为那恐怖的病，头发全掉光了。我不知说的是真是假，但我是从未见过他光头的样子，每次他出现在小院里时，都是有头发的。

他会在某一天的某个时刻出现在院子口，穿一件藏青色中山装，每个扣子都扣得整齐，左边口袋处别了一枚徽章，听大人们说，他在铁路上做事。

夏季傍晚，他光着膀子站在院子里，手拿一个脸盆，盆内抹上肥皂水，向空中这么一划，盆里便粘住了蚊子。我常常站在一边，出神地看他这样逮蚊子。

他说话总带着笑，不说话时眉眼也有笑意。当年，我的爸爸脾气暴躁，一点小事就大发雷霆，我心里想，如果许大大是我的爸爸该多好，那样的好脾气，我便不用担惊受怕。

我常陷入这样的联想，不止一次。

他好像很久才从外省回来一次，但他常写信回来，许奶奶不识字，每回收到信便让我妈读给她听。

“给看看，老大说了啥？”她总这样说。

有一回妈对外婆说，老大的每一封信都是从同一家医院寄出，那是一家“麻风病”专科医院，在南京，但离市区很远，在一个岛上，与外界隔离。我不知什么叫“麻风病”，但从大人的神色中感到它是极恐怖的病，比死还要恐怖。我清楚地记得当时妈妈说，这病到了后期，全身会一块块烂掉，烂鼻子，烂眼睛，直到死。我听了，脑子里马上想到许大大鼻子眼睛烂掉的情景，并被这联想吓得魂飞魄散。

许大大总是匆匆地来，又匆匆地离开，好像外面还有一个属于他的世界似的，直到那一年的春天，他和一个女人回到了小院，之后便再也没有离开过，直到死。

## （二）

一夜雨，今天一早，太阳出来了！雨后的小院清亮亮的，空气凉丝丝的，有股潮湿泥土的味道。妈和外婆早就起了，出来进去地忙个不停。我也起了个大早，我呢，惦记着院墙根的牵牛花，昨夜的一场雨，不知它们怎么样了。我走到院墙根一看，呵！太阳出来了，牵牛花也高兴了，还有陪在一旁的丝瓜秧，好像昨晚它们商量好了似的，都一个劲儿地往上爬。那牵牛花昨儿还小心翼翼地贴在黄奶奶家的院墙根儿呢，今儿就爬上窗台了，还打了个鼓鼓的花苞，一眨眼的工夫，就在窗台上开了一朵紫色的花，扭头对着我笑呢。那花瓣上沾着露珠，太阳底下发着光，来了一阵风，它轻轻地摇曳着，我伸手摘下一朵，戴在了耳朵边上。

院里的邻居们都起来了，小院也开始了一天的忙碌。大人们忙着倒尿盆，忙着买早点，忙着去上班，院里的走道很窄，相互间碰到了，侧身擦肩而过，回头飘来一句："早啊——"，另一个赶着上班上学，手里拿着半截油条，边吃边应一句："早——早——"，头也不回地出了院子。

北屋的许奶奶正坐在家门口梳头，面前放一碗水，我看她把木梳放到水里蘸两下，把满头的白发一下一下地往后梳，梳顺了，用手一拧，就在脑后挽了一个光溜溜的发髻，低低地垂着。我对她梳头的水很是好奇，走过去，蹲在她旁边，一根手指插进水里，水黏糊糊的，放到鼻子底下闻闻，有股木头的香味，许奶奶看着我说："呵呵——，闻着香不香？你外婆用不用这个梳头？"

"外婆不用，她用瓶子装的桂花油，我能用它梳头吗？"我边说边用指头也蘸点儿往头发上抹。

许奶奶笑了，道："你还早呢，等你长大了，要上花轿了，许奶奶一定给你梳个最漂亮的头！"

"我——？上花轿——？"我睁大眼睛昂着头。

许奶奶笑得合不拢嘴，一边用她的油手给我的头发也顺了顺。

妈这时候从屋里出来，赶着去上班，许奶奶忙从口袋里掏出一封信递给我妈说："老大来信了，给看看说了啥？"

妈接过来看，对许奶奶说："没说啥，就说要带她回来，后天的火车到！”妈说完把信还给许奶奶，便着急往外走，快出院子了，又转过头问：“信上说的她，是不是你常念叨的那个上海姑娘？”

“是的，是的。”许奶奶笑眯眯道。

“这下好了，还不赶紧张罗，弄点好吃的。”妈说完火急火燎地出了院子。

妈去上班了，我可是松了口气，她是个急性子，什么时候都是匆匆忙忙，我做事动作慢一慢，她那边就嚷嚷上了，她在家里，我都不知道做什么好，我总盼着她早点出门去，我便自由了。

许奶奶有两个儿子，许大大是老大，还有一个小儿子已经成家另立门户。小儿子不常来小院。听外婆说，小儿媳妇和许奶奶闹翻了，打那以后许奶奶就不给小儿媳进门，这样小儿子也就很少来了，倒是小儿子的两个儿子（大军、小军）常来小院，在周末还有寒暑假里。

“两个大头孙子是我许家的，我不能不看。”许奶奶常对外婆说。

那时候，妈还没有生下妹妹，我是这院子里最小的孩子，正上幼儿园大班，妈妈正在张罗我上小学的事。我那时也有一个好朋友，是隔壁院里的玲玲，可不知为何，玲玲常常不在家。所以，当许家的两个孙子来到小院时，虽然他们是男孩子，玩的游戏我大都不会，可对于他们的到来，我还是一样的高兴，好像在孩子的阵营里又多了力量似的。

雨后，屋顶上的小花也有了精神，在太阳下昂着头，那样生机勃勃，可是当太阳再升高，中午时，它们又被晒得耷拉着脑袋，没精打采的了……

## （三）

记忆总会伴随某种气味和色彩，当我想起许大大的女人第一次来到小院的情景，眼前总能浮现那个春日的傍晚，一抹夕阳的余晖正洒在许家的红色砖墙上，女人站在那夕阳里，空气中有阵阵好闻的油菜花香。

那个傍晚，大军小军来到奶奶家，两兄弟趴在地上玩弹子，我闲得无聊，也蹲在一边看，他们有时也带我玩玩，大军子教我弹弹子："大拇指要用力……"他边说边做给我看，我看着弹子一下滚得老远，就快要滚到前方小洞里时，被一双黑色的大皮鞋挡住了，抬头一看，呀！是许大大！

他站在巷子口， 穿一件白色衬衣，口袋处仍别着那枚红色铁路徽章。他身边站着一个女人，身材高挑，短发，圆脸，皮肤白净，眼睛又黑又亮。她一手拎着旅行包，另一只手挽着许大大的胳膊，看见我们，不说话，只是笑。

她一定就是那封信里的"她"，那个上海姑娘，我心里面说。

"奶奶——，大伯回来啦——"小军子挥舞着双手大叫着回屋，大军子叫了声 "大伯"，走上前接过女人手里的行李。许大大看见我们，依旧像以前笑呵呵地说："都长高啦，看看！马家小丫头也长高喽！"说着他一把抱起我，高高地举过头顶，当我被举向空中的一刻，我快活地大叫："大大——"空中洒下了我一串咯咯咯的笑声。

许大大一回来，小院热闹了，吃过晚饭，左邻右舍的都凑过来跟他聊天。外婆说，许大大在铁路上做事，天南海北地跑，知道的事情多。爸来信说过两天要回来，他最爱和许大大聊天了。那段日子，中国在和一个叫越南的国家打仗，收音机里天天都在说这事，他俩只要能见上面就少不了要说打仗的事，妈在一旁就会说："瞧你俩，国家领导似的，什么都知道。"

许大大娶了一个比他小很多的上海姑娘，这自然成了院里的大事，一连好几天，街坊们聚在一起你一言我一语的，说的都是这许大大的女人——

"这姑娘长得挺好，又那么年轻，怎么就嫁给许老大了？"

"听说比老大小十好几呢。"

"莫非老大的病是瞒着的？"

"不是已经治好了吗，在南京？"

"这种病哪能除根儿的。"

他们说的时候，只要我凑过去，他们就说："去——，一边玩去！"

他们不让我听，可他们自己却那么爱打听。陈奶奶一碰到许大大的女人就用上海话跟她聊天，她们说什么，我听不懂，可陈奶奶和其他人说的是本地话，我听到陈奶奶不止一次对我外婆说："……她亲口跟我说的，那还有假！"

我家和许家挨着，和许大大的房间公用一道墙，墙的这一边是我家的床，那一边便是许大大的床。那时候，家里地方太小，我一直到七八岁都和父母同睡，我睡在床的里边最靠墙的地方，妈和爸依次排过去。自从许大大的身边多了这个女人后，每当夜晚来临，我总能听到有些声音透过那道山墙悠悠地飘进我的耳朵，那声音，是以前从未听到过的，有些神秘，有些恐怖的，然而又好像——有点温情的。

许家的声音常在我翻来覆去睡不着的时候悄然来临，声音的开始常是两人很轻的说话，断断续续地，大多是女人的声音，说什么听不大清，偶尔才听到许大大回应两句，接着像是床上的被子挪来挪去的摩擦声，继而是什么东西晃动的声音，有节奏地一下一下，伴随着女人很重的喘气声，时大时小。这从未听过的声音让我害怕起来，我推了推身边的妈妈，刚一开口，我的脑门上就挨了一巴掌——

“睡觉！”妈命令道。

妈的这句话真是灵！许家的声音立刻戛然而止，只有极轻的沙沙声还隐隐传来，我用被子捂着嘴笑个不停，心里想，妈是让我睡觉，又不是让你们睡觉。我笑了，妈和爸也忍不住笑了，接着会说几句许家的女人。

“这姑娘蛮好的，我们很能聊得来。”妈对着爸说。

“她是哪一届的？”爸问。

“和我们一样，老三届的。”妈说。

爸妈说起她时，语气很亲切，总爱说“我们我们”的，好像把她也划到和他们一起的。

## （四）

许家这样的情景在之后的很多晚上在墙的那一边上演，我专注地听了几次，再没有什么新的内容，很快，不再有兴趣。有太多的声音牵走我的注意，使我立刻兴奋起来——

白天，我和玲玲在巷口跳皮筋，远远地听到炸爆米花的吆喝声，不多会儿那爆米花的老伯伯就推车进了巷子，我们兴奋地跳起来。一阵风似的跑回家，问大人央求一碗米，两毛钱，再一阵风似的跑出来，附近的孩子手提竹篮，篮内一只瓷碗，碗里多是大米，也有年糕片、玉米粒……竹篮一个挨着一个排队，我们就在一边玩儿。

那爆米花伯伯，身上系着脏兮兮的围裙，胳膊上套着袖套，手戴白棉线手套，已经黑得看不出白色了。他一手摇铁柄，一手拉风箱，炉内的火苗不停地舔着快速旋转的炉子。时间一到，他把机器连上黑乎乎的长布筒，用力扳动机关，“砰——”的一声，声音未尽，浓浓的米香已在空气中弥散。白胖胖的爆米花从黑布筒里一股脑儿涌出，无论这一锅是谁家的，我们都会趴在布筒边，一边往竹篮里扒拉，一边迫不及待地抓起一把就往嘴里塞，一个个嘻嘻哈哈，快活的声音连同爆米机的一声声爆响，充满了整条小巷。

不知从何时起，夜晚的许家开始传来另一种声音，代替了之前“温情的说话和节奏的喘息”，这声音在之后很长的日子里都频繁地出现。

在夜晚，我常听到那女人幽怨的哭声从墙的那一边飘来。

这哭声再次引起我的好奇，我耳朵贴墙又专注地听起来。

女人边抽泣边问许大大 “……侬是不是白天太累了……怎么

总是……要不要去医院看看……”

我对一旁的妈说：“许大大的病她一定是知道了。”妈不说话，只是笑。

不知为何，我那时觉得她的哭声蛮好听的，女人的哭声还对我起到了催眠的作用，很多个晚上，我都在她断断续续的哭声中沉沉睡去。

对门的院子里，玲玲家隔壁，那一户人家的两夫妻，隔三差五地就要吵上一回，那动静可就厉害了，恨不得传出几条街去。每回吵架，那女人像一盘菜似的坐在院里，手拿一条毛巾，鼻涕一把眼泪一把地数落她男人的不是。

有一回更厉害，差点出了人命。那天我去玲玲家串门，一进院子看见那女人拿着一把菜刀满院子追她的男人，男人围着院子没命地跑，边跑边喊救命，跑着跑着，突然又放声大笑起来，女人更是气得头上冒烟，一边追一边破口大骂。那男人跑到自己家门口，一步窜到屋内，关上房门，任女人怎样砸门，男人死活不开。接着女人就开始了和之前一样的演出，一屁股坐在地上，手拿毛巾，伤心地哭诉，开始时还有街坊上前劝，谁知越劝哭声越大，也就没人去劝了。她自己坐在地上演着独角戏，哭累了，自己站起来拍拍裤子上的土，也就回家去了，第二天照样该上班上班，该买菜买菜，见到街坊照样热情地打招呼，好像昨天吵架的事从未发生过。

许大大和他的女人，吵架就不同了，只是在晚上，而且许大大很少出声，只要那女人一哭，他还用哄孩子的语气，哄她说：“别哭了……我已经托了人，会很快把你调回上海的……听话了宝贝……乖了！”

很快，女人的哭声弱了。

妈听到了就会对一旁的爸说：“许老大真是好脾气呀！谁像你，火急火燎的性子。”

爸爸那一段日子常回来，为了回城的事。

“我怎么了——我起码从没骗过你……一个大男人，做不到的事就不要瞎承诺……”爸有些怨气的。

“嘘——嘘——小声点！”妈指了指墙。

可我的心里还是觉得许大大好，他从不发脾气，总是笑嘻嘻的，他还会哄女人，要是妈妈生气，爸才不会这样哄妈妈呢。

## （五）

女人和许大大间的争吵，在那一年的春天持续了很久。渐渐地，女人没了之前的低声细语，吵架也不仅在夜晚，白天也时有发生，而且从卧室一直吵到堂屋，甚至吵到院子里。当女人扬起手臂冲着许大大嚷嚷时，我似乎看到了对门院里女人的身影。许大大仍是很少回应，默不作声做着自己的事，可脸上的表情多了些无可奈何。

那一天，我放学回来，一进院子听到许家女人很大的声音，他们三两天就要闹上一回，也没什么奇怪，可接下来发生的事却让我印象极深。从那以后，我再也不把许大大想成是我的爸爸了。

女人立在堂屋里，操着上海话，一声高过一声，许大大坐在一张藤椅上，面前小桌上泡了一壶茶，他正端着茶杯慢悠悠地喝，半晌，压低声调不紧不慢地回应：“你不要以为你讲上海话，邻居就听不懂，这个院里的人都会听上海话！”

女人红着脸，手指着他说：“我就是要让邻居们知道，你是个骗子！骗子！”

此时，我看见许大大的身体开始离开椅子，他站起身，缓慢地走到女人面前，突然抬手给了女人很响的一巴掌，一字一句说：“你在家里丢人还不算，还要当着外人……”

许大大声音大起来：“……你以为你是谁呀，你也不想想，没有我，你能有今天吗？你恐怕要在北大荒趴一辈子！”

他说最后一句时嗓门突然提高，脸涨得通红，说完他走回去，重新坐到椅子上，嘴唇紧闭，似乎想努力回到刚才的平稳状态，当他拿起茶壶倒茶时，我看到他的手在剧烈地颤抖。

女人捂着脸疯了一样冲出去，没走几步，就扶着墙“哇”的一声剧烈地吐起来，外婆和陈奶奶出来了，房东黄奶奶也出来了，都忙着上前劝。她手撑着墙吃力地站着，张着嘴，满脸通红，连眼皮也是红的，脸上挂着泪，肩膀随着抽泣一上一下地抖着。

我听见她边哭边反复地说：“……我……命苦……命苦！”

许大大始终坐在椅子上不抬头。似乎眼前一切和他毫无关系。当女人最终被奶奶们劝得愿意回屋时，许大大这才站起身，嘴角扬了扬似乎想努力对我们挤出点笑容，待女人进了屋，他慢慢关上了门。

外婆和陈奶奶盯着许家的门看了好一会儿，确保屋里平安无事后，陈奶奶同外婆进到我家里。

“这两口子怎么越闹越凶了？”外婆迫不及待地问陈奶奶。

陈奶奶操着上海口音的本地话语速极快道：

“哎！许老大结婚前是夸下海口的，说一定把姑娘的户口调回上海，姑娘这才嫁了他，谁知结婚那么长时间了，一直都没办成，只是离开北大荒了，但还是个农村户口……”

“而且——”陈奶奶说着回头看了看我，又贴近外婆小声说，“老大那个病虽是治好了，但可能吃了太多的药，那个方面是不行的了……”

“哦——怪不得她说……”外婆点头。

那天的吵架像傍晚的风一样迅速传遍了附近的几条街，又给邻里们茶余饭后增添了新的谈资，谈话自然是围绕平日里“好好先生”的许大大居然对小他十几岁的女人大打出手，说到兴头上，都抡起手臂，啪啪地做出扇巴掌的动作。小孩们看着大人说得眉飞色舞，跟着起哄，也学着大人的样儿假装互相扇起嘴巴来。孩子的手有时不知轻重，开始是闹着玩，闹着闹着就成了真的，一个下手重了，变成了真打，真的给了人家一个大嘴巴子。这下可了不得了，被打的那个捂着脸哭爹喊娘，打人的呢，昂着脖子满不在乎。若是家长识大体的，会先把自己的孩子臭骂一顿，打人的一方向被打的道个歉，也就过去了。若遇到不省事的家长，这小事一桩就会升级为两个大人之间的恶言相向，往往把多少年前陈芝麻烂谷子的事都给抖出来，那才叫热闹！这还不算，许家的这次吵架，所有人都记住了比“打人”更让人兴奋的细节——女人的“呕吐”。很快，街坊们迎面碰到许奶奶时，我听到他们大声地说：“恭喜你呀，要抱孙子了。”

不知为何，尽管这女人常常和许大大哭闹，可院里的大人们却蛮喜欢她的，我不止一次地听到外婆说，她不太像上海女人那般娇气，说话做事透着直爽，倒有几分像你妈妈。

没过几天，街头巷尾对他们的吵架不再觉得新鲜，也就不再议论了。如果那两天院里没有了女人的声音，大不了有人问许大大："这两天没闹了？"许大大笑笑，也不去说什么，问的人也觉得无趣，就走开了。

## （六）

日子像流水一样，一天天过去，天气热起来，该脱下毛衣，换上单衣了。外婆把夏天的衣服从箱子底拿出来，衣服上一股呛鼻的卫生丸味儿，我帮着外婆抱着一大摞衣服拿到院子里晾晒。刚巧许家女人也抱着衣服走过来，她换上了单衣，下摆翘得老高，一眼就看见衣服下高高隆起的肚皮，外婆笑着对她说："嗯——我看像男孩，肚子是个尖的。"

女人眼睛里立刻闪烁出喜悦，望着外婆说："真的？"

她低头看看自己的肚子说："我也觉得是，这些天呐，老爱吃酸的。"

她又朝堂屋里正低头看报纸的许大大努了努嘴，小声凑近外婆说："他——喜欢男孩。"说完她低下头在隆起的肚子上来回抚摸着。

当她笑着低下头去的那一刻，我仿佛又看见了那个春风沉醉的傍晚，她第一次来到小院，看见邻居们红着脸低下头去的样子。

女人的肚子一天天大起来，常看到她挺着大肚子麻利地在院里出来进去，上班下班，买菜做饭，跟许大大的争吵也在这其中穿梭进行。吵架的内容无非还是那几句话。倒是晚上，墙的那一边没有了动静，也听不到女人的哭声了……

也是那一年，我们搬离了小院，没有能看到许家孩子的出生。

我帮着外婆抱着一大摞衣服拿到院子里晾晒。刚巧许家女人也抱着衣服走过来……外婆笑着对她说：“嗯——我看像男孩，肚子是个尖的。”女人的眼里立刻闪烁出喜悦，望着外婆说：“真的？”又朝堂屋里正低头看报纸的许大大努了努嘴，小声凑近外婆说：“他——喜欢男孩。”

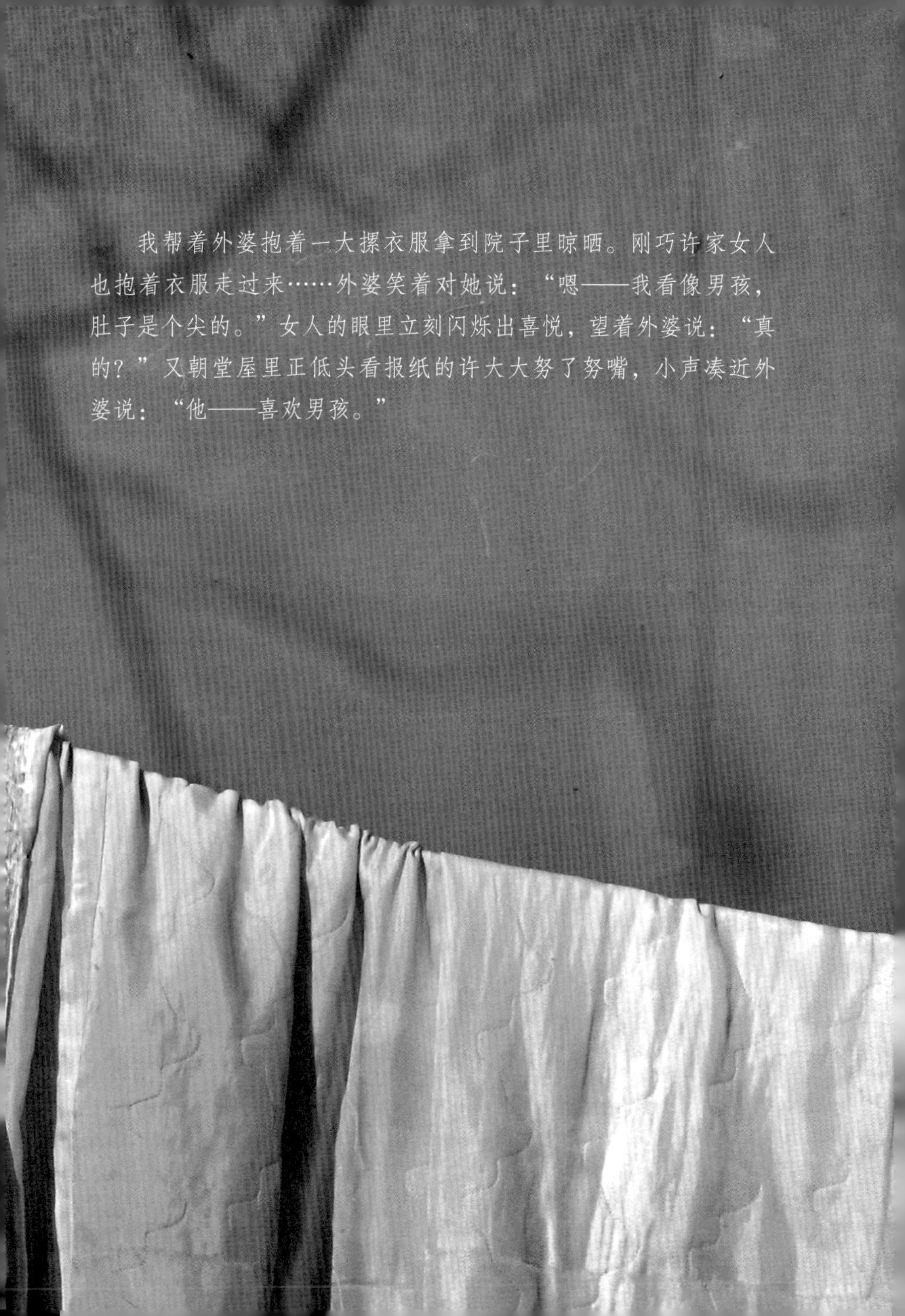

# 八 死亡

## （一）

一天下午的体育课上，老师让我们比赛“蛙跳”，我使出吃奶的劲儿，拿了全班第一，老师当着全班同学表扬了我，还决定让我代表班级参加学校的比赛。放学的路上，我快活得又蹦又跳，一跨进家门就和妈妈说了，妈也表扬了我。也许是体育课上用力过猛，晚饭只吃了几口，我困得眼皮打架，早早就洗了上床了。

第二天一早，妈喊我起床，我怎么也爬不起来，觉得身体很沉，脸皮胀胀地，妈过来催我，叫了起来：“呀！你的脸怎么了，怎么肿成这样？”

我拿了镜子一照，脸像个发面馒头，双眼皮没了，成了肿眼泡，外婆过来，手指头在我额头上摁下去，有个窝窝。

妈请了假带我去了医院，检查后说我是急性肾炎，需住院治疗，当日入院，我既兴奋又有些紧张，妈办完入院手续后回家去取住院的东西。我则被一个护士带到一间宽敞明亮的病房，有三张床位，靠门一张空着，中间床上躺着个女孩，我被安排在最里面靠窗的床位。护士微笑着对我说：“听话，不许乱跑！”我使劲地点头。她又转身对中间床的女孩说：“你是老病号了，她刚来，你多教教她。”说完就走了。

我站在那里不知怎样才好，又看看那张属于我的病床，那么干净，再摸摸被子，那么柔软，拿起来闻闻，有一股消毒水的味道。窗户上拉着淡蓝色的窗帘，阳光透过窗户正照在我的床上。

隔壁床那个女孩，看上去比我大几岁，脸盘很大，白白胖胖的。

“你叫什么，这下好了，我有人玩了——”她笑着和我打招呼，两只眼睛眯起来，很讨喜的样子。

“我叫蓓蓓，你呢？”

“我叫娜娜。”

“你上几年级了？” 娜娜问。

“二年级。”

“我本来该上四年级了，因为我的病，休学在家一年了。”娜娜说。

我和娜娜成了朋友。这是我有生以来第一次住院，整个下午，我都处在兴奋中，坐在娜娜床边，出神地听她说着医院的事。

晚上，妈给我拿来了日用品，对我说，学校已经请好假了，休学一个月。这突如其来的消息让我乐开了花，可又不好在妈面前显得太高兴，就忍着，等妈一走，我立刻倒在软软的病床上，想着即将展开的一个月里不用上学，没有功课，没有考试。我越想越是兴奋，怎么也睡不着了，娜娜也睡不着，也开心，我们躺在各自的床上聊天，直到护士来查房，才不情愿地关了灯。

娜娜告诉我，她比我大三岁，这是她第三次住院。

## （二）

住院的日子真快乐。护士总夸我勇敢，打针不哭，晚上不用大人陪。爸爸那时已调回贝城工作，也一改往日的严厉，每天下班后亲自给我送饭，我心里美滋滋的，想着这病永远不好，就可以一直在医院住下去。

一星期后的例行化验，尿蛋白已从两个加号(++)回复到正常值，我多失落。爸妈带我见了主治医生过大夫，他建议继续住院稳固治疗两周后再出院。“趁着年龄小根治最好。”过大夫对爸妈说。

“都听大夫的。”爸马上说。

我在一旁心里别提多美了。要不是咬着嘴唇忍着，就要咯咯笑出声了。我真想一步跨回到病房，告诉娜娜，她知道了不知该多高兴！

回到病房，爸妈前脚走，后脚我就钻到了娜娜的被窝里，我俩你一句我一句的，说一阵笑一阵。

娜娜一脸认真对着我说："你一定要彻底治好这病，不然长大了，这个病是不能结婚生孩子的。"

我一愣，笑着说："我才不结婚呢，我一辈子跟我外婆住。"

"现在不要，长大就要了。"娜娜一本正经地。

"长大也不要。"我摇头。

"要的。"娜娜笑。

"不要。"我大声说。

我们嘻嘻哈哈地胡说着什么"要结婚不要结婚的"，声音招来了护士长，她站在病房门外，当当地敲着门玻璃，眉头紧皱，她嘴巴在动，说什么我们听不见，但她的动作是在示意我立刻回到自己床上去，我只好乖乖地躺回去了。

住院的日子里，我和娜娜几乎形影不离。娜娜像个大姐姐，我不懂的事她总耐心教我，我多想有个这样的姐姐。

在医院里，每一天清晨，我都在熟睡中被查房的护士唤醒，护士递过来冰凉的体温表，夹在温热的腋下，我很快又睡着了，在护士冰凉的手从我腋下拔出温度计时再次醒来。这时耳边充斥各种响声，金属、玻璃瓶的碰撞声，伴随走廊外很响的手推车经过。护士进来，递过托盘，盘里有塑料小杯，杯内有白色药片，还有一个盐水瓶，装有半瓶温热中药，喝下中药，吃下白色药片，我这才彻底醒来。通常这时小推车还未送来早饭，我和娜娜就开始了一天最早的游戏——我爬到她床上，在对方的脑门上摁窝窝，她的脸很胖，窝窝总比我深，她在我的脑门上使劲摁过后又用手摸一摸说："没有窝了，你很快就能出院了。"说完她低下头，忽然想起什么似的，过了一会儿，她说："蓓蓓，我要是死了，你会难过吗？"我一时愣住了，瞪着眼睛看着她，不知说什么才好。

娜娜又说："你家人对你真好，我真羡慕你。我爸妈就不是，我这病总也治不好，花了家里不少钱。他们不再喜欢我了，说我是拖累，他们喜欢弟弟了。"看着娜娜难过，我也难过，竭力安慰她："我爸妈也是我住院才对我好的，爸爸以前对我很凶，他也喜欢妹妹的。"娜娜得了安慰，冲着我笑了。

窗外不知何时暗下来，天空灰蒙蒙的，不一会儿竟飘起了雪花。

"呀，下雪啦——"娜娜说着，下床走过去拉墙上的灯绳，灯没亮，一定是停电了，不知为何，这两天病房老是停电。病房里阴冷阴冷的。娜娜从病床边的床头柜里找出一个热水袋，对我说："你在床上待着，我去热水房冲个暖水袋。"

娜娜把冲好的暖水袋放进被窝，我俩挤在一张床上，有了暖水袋，冻得麻木的脚指头很快就暖过来了。

窗外的雪越下越大，大片大片的雪花从灰色的天空飘落下来，看着看着，我忽然有些想家，想我的小院，想外婆这会儿在做什么呢？

我问身边的娜娜："你想家吗？"

"想呀，可有什么用呢？反正他们不会想我的。"娜娜说。

这时候病房门开了，爸爸走了进来。他看见我躺在娜娜的床上，脸上露出不高兴，但也没说我什么。

"爸爸，今天这么早就来了，为什么没带晚饭呢？"

爸爸笑着对我说："今天过冬，又下雪，晚饭要在家吃，我是来接你的。”

“真的？”我大叫起来。

“当然啦，你妈已经在家准备了。”

“那护士来查房怎么办？”我问爸爸。

“那就要娜娜姐姐帮我们打掩护喽！”爸笑着看着娜娜说。

“没问题，护士来查房我就说，小妹上厕所了，马上就回来。”娜娜爽快地答应。

爸爸把我里三层外三层裹得严严实实，只露个眼睛。他背着我，出了病房。我回头看了一眼娜娜，她流露出羡慕的眼神。“我吃完就回来。”我对她大声地说。

我和爸爸刚出病房，走廊里就看到我的主治大夫过医生迎面走过来，爸背着我赶紧拐进另一间病房，隔着窗玻璃看着过大夫走了过去，才背着我出来，我忍不住想笑，爸爸连忙摆手说：“不能发出声音，暴露身份！”我更加忍不住了，在他的背上咯咯地笑起来，他赶紧背着我，一路小跑地逃离了医院。

外面的雪停了，房顶上，树枝上都积满了雪，空气冷得钻心，我在爸爸的背上，看到爸爸呼出的白气，我把围巾往上拉，掩住鼻子嘴巴，寒气吸进了嗓子眼，我直想咳嗽。爸爸背着我走过熟悉的街道，我在他的后背上，看到街两边的景物在我眼里一颤一颤的。

一直到家门口，爸才放心把我放下来，妈在小厨房里，看到我，笑了，说：“看你爸把你裹得像个棉球。”

小饭桌已摆满碗碟，中间一个铜炉火锅，火苗直闪，切好的羊肉，一片片码在盘子里，小碗里是切好的蒜末和香菜。妈把一大盘洗好的蔬菜放到桌子上说:“今天你爸把你接回来,是想让你吃一个新鲜的玩意,叫‘涮羊肉’,以前没吃过的。”爸坐下来说:“别急,先看我给你示范。”爸用筷子夹起一片肉,放到铜炉上沸腾的锅里,涮了两下,马上夹起放到调料小碗里,蘸一下,“张开嘴。”爸说。我张开嘴巴,羊肉进了嘴里,咬上去像豆腐一样,又香又嫩。

“好吃吗?”爸问。

“太好吃了,我还要。”

爸夹起羊肉片放进锅内说:“北方人最爱这么吃,北方的冬天天寒地冻,晚上一家人围在一起涮羊肉锅子,既美味又驱寒。”

几片涮羊肉下肚,身上暖了起来,我开始一件件地脱衣服。脱去棉袄,胳膊立刻灵活了许多,学着爸爸,把毛衣袖子捋上去。

“大块吃肉,大碗喝酒。”爸喝了一口酒对妈妈说。

我们大笑起来。

羊肉锅子冒着白色的热气,升腾起来,窗户上满是水蒸气,我吃得差不多了,用手指头在窗玻璃上面写字,写涮羊肉的涮字,不会写,爸教我,写了好几遍,一边写一边就想,爸爸怎么突然对我那么好呢,一定是因为我生病住院的缘故,我要像娜娜一样总是生病,总是住院,他还会对我那么好吗?我想起了娜娜早上和我说过的话,她和我说她担心自己会死,死是多可怕呀。有一回,我上完厕所回病房去,走廊里护士迎面推过来一张床,很响地经过我身边,床上的人从头到脚盖着白单子。

死是怎样的呢,我一边在窗户上写字,一边胡想八想。

“妈妈,我今晚不想回医院了,想在家里睡,明天一早再送我回医院，好吗？”我央求似的问妈妈。

“你不回去陪娜娜姐姐了？”妈问我。“反正明天就回了嘛。”刚才的胡思乱想，让我有些害怕，娜娜也顾不上了。妈同意了。那晚，我躺在家里的大床上，夹在爸妈的中间，在满屋涮羊肉的香味里美美地睡了一觉。

第二天一大早，爸爸背着我回到病房，早上的例行查房还没开始。我赶紧脱下衣服，上了床。娜娜从被窝探出头来说:“回来了？昨晚查房我说你去厕所了，嘻嘻——”

“我昨晚在家吃了涮羊肉，真好吃！”

“吃的什么？”

“涮——羊——肉。”

“我听都没听过，好吃吗？”

“好吃呀！”

“你爸妈对你真好。”娜娜又说了这句。

“等一出院，我带你去我家吃。”

“真的？说话算数，拉钩。”娜娜说着从被窝里伸出手。

我伸出小拇指和她拉了钩，对她说：“我们已经拉了钩了，你就一定要治好你的病，不许再说什么死不死的。”

“嗯。”娜娜冲着我使劲地点头。

三个月后，娜娜死了——

我出院后仍要定期去医院复查，最后一次复查在医院走廊里遇到过大夫，他告诉我，我出院后不久娜娜也出院了，三个加号进来三个加号走的，家里没钱治了，再来时已尿血，晚了。

娜娜的死让死亡这个模糊而又遥远的存在瞬间向我走来，娜娜在我心里成了死亡的代名词，当大人们讲到死时，我眼前便浮现出她那张肿得像胖瓜一样的脸。后来有一段时间，只要是看到又白又胖的脸，我就有莫名的恐惧，就觉得这个人已病入膏肓，会随时死去。

死神和我之间的游戏，并未因娜娜的死而停下脚步。它似乎并不满足以别人的方式来到我的面前，之后的一次经历，它是直接地找到我，并和我擦肩而过后，轻盈离去……

（三）

放学路上，我手握一枚铜板，那是下午一个同学给我的，我如获至宝，一路上拿在手里掂来掂去。前一天，院里的许奶奶买了一只公鸡，外婆从公鸡尾巴上拔下了几根好看的鸡毛，有了这枚铜板，就能给我做毽子了。

回到家，怎么就睡到床上已经记不清了，只记得仰面躺在床上手里仍握着那枚铜板。我不知道是哪根筋搭错了，为什么玩的时候张着嘴巴。后来我发现很多人都是这样，当特别专注于一件事时往往嘴巴是半张的。

我当时玩得专注，在眼睛上方，那枚铜板从我的左手到右手，再从右手到左手。一不小心，我手没拿稳，铜板滑落到嘴里，瞬间卡到气管，我剧烈地咳嗽起来，喉咙里的硬块随着咳嗽往下沉，同时身体里有一股东西直往上涌。突然间，我的脖子被一只大手掐住，同时两只脚被拎起来，瞬间我头朝下脚朝上，脖子被那只大手掐着喘不上气，本能地更加猛烈地咳嗽，眼冒金星，这时我的后背感到另一只手在猛力拍打，就听得“咣当”一声，铜板从我的嘴里掉到了地上，瞬间呼吸畅通无阻，一股巨大的快感涌遍全身。我瘫坐在地上，脸色发青，口水泪水流了一脸。

后来知道，掐着我脖子的手是爸爸的手，他在去厨房时瞥了一眼躺在床上手拿铜板的我，当他听见了我极不正常的咳嗽时，第一反应是铜板掉进了我嘴里，而随后到来的妈妈则用手猛力拍打我的后背。

死亡和我开了个玩笑后转身离去，这玩笑开得很大，幸运的是我仍留在人间。

可是很快，它再次光顾——

## （四）

也是那一年，夏季午后，外婆在午睡，我溜出了院子，大日头底下，巷子里一个人也没有。

我在巷子口傻站着，像一根电线杆。巷子里真有一根电线杆，水泥的，又细又高，同一边的不远处还有一根电线杆，木头的，常年风吹日晒木头已经开裂，下端也已朽坏，木杆子上箍了很多铁丝头，一根根向外刺着。我出去玩，外婆总提醒我离那根浑身长刺的木头杆子远点。街坊们在水泥杆和木头杆之间拴了一条绳，天好时，把冬天的被褥拿出来在绳子上晾晒，我常看见那条麻绳被很多条棉被压出很大的弧度，那根年代久远的木头电线杆被扯得几乎呈45度倾斜，随时都有彻底“趴倒”的可能。

那天我实在找不到什么可玩的，就走到了晾衣绳下面，两手抓着绳子荡起了秋千，没荡两下，绳子突然间松了，一个巨大的东西朝我瞬间压过来，我本能地闪在墙根儿，身体紧贴墙壁。几乎同时，那根扎满铁丝头的木头杆紧贴着我的鼻尖刷地滑下，砰的一声倒在我脚边。我紧贴墙壁动也不敢动，木桩倒地的声响惊动了午睡的邻居，三两个婆婆挪着小脚出来，看见立在墙根的我和倒在我脚下的木桩，立刻大呼小叫地又挪着小脚回去，边走边喊——不得了啦，蓓蓓吓傻了……话音未落，就看见我外婆慌慌张张地出了院子，许奶奶紧随其后，走过来就摸我的脸，边摸边惊慌地说：“脸没事，没破相，好，好……”许奶奶在一旁说：“快揪耳朵，快喊魂儿。”外婆忙揪起我一只耳朵说，又有点像唱：“蓓儿，不怕，魂儿呀快回来……”我哭了，外婆见我哭了，大大地松了口气，围观的大人也都松了口气，说：“哭出来就好，魂儿回来啦。”

死亡对我的这次光顾，其威力显然不是它和我擦肩的那一瞬，而是对那一瞬引发的后果的可怕联想——那张八岁女孩的脸被无数铁丝头瞬间撕扯后，她的命运将会怎样……

# 九 晓光叔叔

## （一）

住院的某个晚上，七点左右，爸爸来到病房，看着我吃完晚饭，但没像往常一样检查我的功课，他说，晓光叔叔病了，也住在这家医院，他要去病房探望，我直嚷着要一同去。

晓光叔叔是爸妈的同学，和爸爸很要好，他的家离我们院子不远，只隔一条街。他是我家的常客，常在傍晚来到，和爸爸吃饭聊天，很晚才回。后来他生病不能常来，爸爸就改去他的家，直到他去世。

爸爸拉着我穿过一条长长走廊，走廊里站着病人，个个愁眉苦脸。走廊里的声音很嘈杂，不时传来孩子的哭声。我们穿过走廊，又转一个弯，看到一个双扇的大门，推门进去，又是一个走廊；但比之前的窄很多，光线也明显暗了下来。走廊里冷冷清清，没有什么人，空气也似乎凉了些。墙上有很大的窗户，都拉着薄薄窗帘，阳光透过窗户射进来，地面上有细碎的影子轻轻晃动。

“这里怎么这么安静？”我一边低头踩着影子，一边小声问爸爸。

“这里是心脏病区。”爸爸话音刚落，突然一间病房的门猛地打开，一个袋子从房间里飞出，“砰——”的一声落在地上，袋子里面的苹果随之滚一地，一个长头发女人哭着从病房里跑出来，踉踉跄跄地不小心踩到地上的苹果，身子猛地斜了一下，差点摔倒。她从我们的身边过去，长长的头发遮住她的脸。

爸拉紧我的手，快走几步进了那间病房。我一看，是晓光叔叔，他正坐在床沿，眉头紧皱着，看上去那么痛苦。

“东西是你扔的？”爸低声问。

“嗯……”他点了点头。

“你怎么能这样啊？”爸爸提高了声音。

“哎——”他叹了口气，头垂下去——

“我……我是没有办法……我的身体已经这样了。”

“那也不能把人家的东西扔出去啊！”

“她心里丢不下……我要下这个狠心。”

“多伤人啊！”

“和她好下去才是真伤她！”

晓光叔叔也提高了嗓门，说完他张着嘴大口喘着气。

可怕的沉默——

爸和晓光叔叔都低头不语，病房安静，静得能听见自己的喘气声。走廊外有护士的手推车经过，声音由远及近，咣里咣当地经过门口。房间里的空气似乎沉重得不能流动了，凝固成一个巨大的固体悬在头顶，随时都会重重地砸下来。我紧贴着爸爸站着，大气不敢喘一下……心里面后悔得不行，真不该和爸爸一起来，这会儿要是在病房，和娜娜不知玩得多开心。

## （二）

小城夏季的黄昏，没有风是最难熬的。

屋子太小，茶杯，碗碟，摸上去滚热，都聚拢了一天的热气，这时候才不紧不慢地向外散发。外婆总说，这屋子像蒸笼，快要被蒸干了……

巷子口有穿堂风，夏天里，我们常把晚饭开到巷口那棵枣树下，先把树下打扫干净，再洒上一层水，压一压扬起的灰尘。支起小饭桌，摆上几个菜，咸鸭蛋一切两半，放在白色的碟子里，黄澄澄冒着油的蛋黄，看着就来口水。

爸爸边喝啤酒边跟妈聊天，我正低头扒着碗里的饭。来了一阵风，一两片树叶飘下来，飘进菜碟子里，有时还会有一颗枣子"扑通——"掉进汤碗。

我正拿勺子去捞汤里的枣，一个人走过来，抬头一看，是晓光叔叔，好像走得很急。他吃力地喘着气，额头上也渗出汗珠，穿一件肥大的上衣，空荡荡的，显得他更加瘦了，站在那里好像一阵风就能把他吹走了。

“你……你怎么来了？不是说好过两天我去你家的吗？”爸爸吃了一惊站起来说。

我忙站起来把凳子让给他坐，又跑回家多拿了一副碗筷。再回到枣树下时，小光叔叔的脸色缓和了些。我把碗筷递给他，爸爸便往他碗里夹菜，一边说：“吃点菜吧，酒你就别喝了。”爸说的时候皱着眉，他一皱眉，额头上就有两道很深的皱纹，看上去像11，只要爸的额头上出现了11，我就紧张，感觉“暴风骤雨”会随时到来。

晓光叔叔坐在那里不说话，两眼一动不动地凝视前面。忽然，他一把夺过爸爸手里的酒杯，爸爸想拦没来得及，他一抬头，酒已下肚，然后把酒杯重重地放在桌上，头垂了下去。半晌，他突然抬起头，两眼直勾勾地望着爸爸说：“老同学，你说说看，人死后，到底有没有灵魂？”

爸爸愣住了，嘴巴半张着——

“没有就罢，若真有，我在阴间定会助你一臂之力，634的事情你一定要坚持到底，否则，我死不瞑目！”他盯着爸爸一字一句地说下去。

“你胡说什么？”爸爸提高声音。

“现在什么都不要想，安心养病！634的事业没有你哪行？”

我年纪还小，但也隐隐感到爸爸有意抬高的说话声里好像掩饰着什么。那声音很大，但底气不足，是虚的，声音一出，立刻被四周吞没了。

那晚，他们聊天聊了很久，爸爸送晓光叔叔回家，很晚才回来，他进门时，我和妈妈已躺在床上。

蒙眬中我听见他们的谈话——

“晓光恐怕日子不多了。”爸小声说。

“那么严重吗？”

“嗯——他的病，我心里有数。”

……

三天后的傍晚——

我们正在院子里吃晚饭，一个女孩走进来，神色惊慌。我一眼认出，她是晓光叔叔的妹妹，叫小玲子，来过我们家。

“马哥——”她开口叫，已是哭腔。

“我哥他……”她已经哭得说不出话，肩膀随着抽泣上下抖着。

“他人现在哪里？”爸爸忙问，人已站了起来。

“太平房——”

她抽泣着，面色通红，一条辫子散开了，头发贴在满是泪水的脸上，显然她是一路跑来的。

爸放下筷子，跟她快步出了院子。

我那时虽小，对生与死的概念尚且模糊，但“太平房”的意思，我是知道的。那时我就想，人不是要很老才会死吗？为什么晓光叔叔还不老，就死了呢？我的爸爸妈妈会死吗？一想到这，我就害怕起来，担心和晓光叔叔一样大的爸妈会在哪一天突然死去，我一夜间成了没有爹妈的孤儿。

那几天里，在某一个时刻我会闪过这样的念头，并被这个念头折磨得坐立不安。

## （三）

那天，爸妈很早就起床，他们和我说去医院送晓光叔叔，我心里奇怪，晓光叔叔不是已经死了吗？怎么还要去送他，妈要把我留在家里，我不肯，妈甩开我的手，和爸爸出了门，我黏在她的后面跟了出去。没办法，他们只好带上我了。

我躲在妈的身后，死死拽着妈的衣角，生怕一松手，妈就会飞走……我害怕，可我更好奇，我的脸一点点地移开妈的后背，从人缝中看过去——

我看见了张爷爷（晓光叔叔的父亲），爸爸正架着他的胳膊。张爷爷想用力挣脱爸爸，往前面的小屋里冲过去，爸死死抱住他，两人像打架一样。

我看见了那屋子，不大，门开着，里面有昏暗的灯光。妈把我揽到她怀里，用手捂住我的眼睛。我拿开妈的手，我想看，我浑身打着颤。

张爷爷突然停止挣扎，变得异常平静，对爸说："没事的，你们让我看最后一眼，我在牢里这么多年，老婆疯掉了，儿子现在躺在那里，我是这个家的罪人，躺在那里的应该是我……我只想对晓光说一句，爸爸对不起你！……不要拦我。"

我看到爸爸扶着张爷爷进了那屋子，很快，就看见爸爸把张爷爷往外拉，爸的脸很红，我怕极了，此时妈更用力地搂紧了我。人群中出来一个人，上前帮着爸爸把张爷爷从屋子里几乎是抱了出来。张爷爷又高又瘦，爸爸抱着他像抱着一捆干枯的芦苇，他的手在空中胡乱地划着，两只脚在地上拼命地蹬着，嘶哑的声音不断地重复着一句话：“他没闭眼！没闭眼嘛！”忙乱中，爸大声说：“来，把张伯伯架到小车上去。”人群立刻让开一条道，爸和那个人架着张爷爷往外走去，分开的人群又迅速合拢，但很快又朝两边散开。几个穿白大褂的人抬着担架进了小屋，出来时担架上多了刺目的白色床单，盖着人的脸，人群突然间骚动起来，随着担架一窝蜂扑向停在远处的白车，哭声四起，乱作一团，车子在一片哭声中缓缓启动——

我在妈的怀里放声大哭——

我想，我是吓哭的。

这从未见过的情景让我受到很大的惊吓，一连几个晚上，我噩梦连连。

躺在床上，我怎么睡也睡不着，睁着眼睛，不停想着死的问题，我知道，人死就是断气了，不能呼吸了。我把头蒙到被子里，使劲屏住气，直到憋得脸发烧，心跳加快，四肢发麻才松开，临死前的感觉一定是这样的，我被自己的死亡体验吓得哭起来。妈掀开被子问：“怎么了？”我哭得更大声了：“妈妈，每个人都要死的吗？我可以不死吗？死的时候太可怕了，我刚才试过了……”妈笑了，揉了揉我的头道：“你哪里会死，你才刚刚来到这个世上呢！不怕，赶紧睡吧！”妈擦了我眼角的泪，重新给我掖好被子，我紧贴着她的身体，这才迷迷糊糊地睡了。可又开始做梦，我梦见自己躺在医院病床上，那房间和我住院时的一样，旁边病床上也躺着一个人，床单从头盖到脚，我看不见她的脸，梦里的我正在想她是不是娜娜，一个戴口罩的护士推开门，径直走到我床边，什么也不说，抖开手上的床单就要给我盖上，当她要盖住我的脸时，我拼命大叫："我没死！没死！"可护士不管，硬是把我按在床上，从头到脚给我罩上大白床单。我大叫着醒来，两只手在空中乱抓，我睁开眼睛，看清楚妈正要给我盖被子，我一脚把被子踢开。

"哎——又做噩梦了，我真后悔，一时疏忽带了你去。"妈发愁地说。

外婆也醒了，起来走到床边，摸摸我的额头，又转过脸对妈说："要不过两天去看一看马大夫，抓两服压惊的小药给她吃。"

没等到去看马大夫，我就已经好了，毕竟我还那么小，才八岁，我的小身体的每个部位都在欢欣成长，我是那么精力充沛，很快，我忘掉了那天的一幕，每天有那么多的新鲜事接踵而来……

## （四）

我清楚地记得，我对于晓光叔叔的记忆总和夜晚相连。

睡梦中，被很响的敲门声惊醒，我开门一看，是爸爸和晓光叔叔出现在门口，脸上沾满煤灰，晓光叔叔的眼镜片上也沾满了煤灰。他把眼镜摘下来，我咯咯笑起来。他的脸像个唱戏小丑！眼睛一圈是白的。妈妈起来就忙着去厨房热饭热菜，他俩一进屋第一件事就是洗脸，我也不闲着，忙着给他们倒洗脸水，一遍又一遍，换好几遍水，他们的脸才露出本来的样子。再帮妈妈端菜，拿小板凳，摆碗筷……饭菜上齐，爸和晓光叔叔迫不及待地狼吞虎咽起来，少不了还要喝点酒，边吃边开始他们的讲述……

他们的谈话我似懂非懂，但仍然想听！我喜欢爸爸风尘仆仆地讲着外面的世界，那是多么神奇的经历啊！

他们从北京一路扒炭车回来的。

“火车一开起来，煤灰直往脸上扑，往脖子里灌……”爸爸说的时候，手不停地在空中挥着，每挥一下，好像也带起很多的煤灰。接着又讲到什么部门，什么领导，我越听越糊涂了，爸爸指着晓光叔叔对妈妈说：“在北京的时候，我们在机械部传达室里，要求面见部长，打了无数次电话，每次都是话没讲完对方就啪的挂掉，我当时是泄气了，想咱们回吧。晓光说，那不行！我们一路扒炭车，挨饿受冻，好不容易来了，不能面也没见就回去！第二天一早，我们就在机械部大门口等，领导上班总要经过门口，不相信我们揪不到他！可是一连候了三天，也没见到部长的影子，我又一次想放弃了，身上带的钱本来就不多，再耗下去，估计连吃饭都困难。晓光不放弃！说要再撑一两天。老天有眼，第四天上午，我们终于等到部长的小车子开过来了，是晓光先看到，我还没反应过来，他已经冲了过去，拦住车子，车子被迫停下，他手里拿着一打我俩辛辛苦苦写的材料敲着窗玻璃，大声喊：‘部长，部长，我们想反映……’话没落音，几个警卫冲上前一把抓住他的衣领把他拽了回来，小车子径直开进大院，车里的部长最终车窗子都没摇下来。”

我听得入了迷，脑子里想着晓光叔叔上前拦住车子的英勇行为，每次都是妈妈催了又催，我才肯睡觉，人躺在被窝里了，耳朵还在听……但很快就在上访、炭车、北京、煤灰、部长、拒之门外……一连串的轰炸下进入梦乡。

晓光叔叔去世后，很响的敲门声还会在某个夜里响起，不同的是，门外站着的只有爸爸。

直到那一晚，爸爸站在门外，双手紧紧抱着一个包裹，眼睛发亮，脸上表情因激动而有些扭曲。他一进屋，就迫不及待地打开包裹，我看到了一摞有着红色外壳的崭新毕业证书，爸爸小心翼翼地打开一本，欣喜地读着毕业证上的字，妈妈把手擦了又擦，极小心地在毕业证上摸了又摸。忽然，妈哭了，说："整整十七年啊，终于成功了，晓光在天之灵可以安息了。"爸仍然沉浸在兴奋中，对妈说："明天赶快通知同学们。"

那一晚，爸爸喝了很多酒，和妈妈说了很多话，妈就不时地低头抹泪。爸反复地说，晓光要活着该多好，今晚，咱哥俩定要一醉方休。

爸妈常挂在嘴边的"学生事情"，究竟是什么事，我不是很明白，但我知道，那是他们为之奋斗了好多年的大事，现在它终于成功了。

爸妈高兴，我也高兴。

注解：

学生事情——我的父母当年所在的634班，所有学生是清一色的黑五类子女，在当时叫作——可以教育好的人。他们当时所在的学校——安徽省蚌埠化工学校，原属于国家第一机械部，后来划拨到了国家一级绝密单位——核工业部。在那个唯成分论的年代里，他们黑五类的背景自然首当其冲了，有的同学被勒令退学，更多的是被赶出校门。他们没发毕业证，没分配工作，统统被赶到农村接受贫下中农再教育去了。

后来，我父亲和另一位同学晓光叔叔，自发组织起来展开了漫长的上访之路。令他们没有想到的是这条路一走就是整整十七年，他们的旗手晓光叔叔最终也没能等到成功的那一天，中途病逝，之后父亲接过大旗继续上访，直至成功。

令人欣慰的是，学生事情最终平反昭雪。相关部门最后批示如下三条：

1. 补发毕业证。

2. 至今没有正式工作的就地分配工作。

3. 农村户口转为城市户口。

“学生事情”至此取得最终的胜利！

这本毕业证，迟来了整整十七年！尽管如此，它的到来还是彻底改变了634班很多同学之后的人生轨迹。这本毕业证，意味着他们将从此告别农村走向城市，他们的下一代也将永远摆脱农村户口的束缚和影响，在和父辈完全不同的崭新环境里展开他们的人生！

——谨以此文献给已故的晓光叔叔及全体634班同学

# 十 妹妹的出生

## （一）

妈生妹妹的那一年，秋天比往年来得早，院子口的那棵大榆树，叶子早早就变黄了。又过了些日子，树叶好像一夜间被抽干了水分，变得干巴巴的，有风的时候，它们离开干裂的树枝，飘在空中，落在地上了。

外婆说："今年秋天来得早，天气凉了，胃口就好，你妈能坐个好月子喽！"

吃过晚饭，撤了碗筷，抹干净饭桌，妈把旧衣服拿出来铺在桌子上，用剪子剪成一块块的，说是给妹妹做尿布。外婆呢，找出一张旧被单，一包棉花，说是要给妹妹做床小包被。我站在一边低了头，心里有点嫉妒的，那小被子又好看又软和，可不是给我做的。妈好像看出什么了，对我说："将来妹妹出生了，只会捡你的旧衣服……"

妈妈肚子里的小宝宝是个什么样子呢？

对这个小人儿的无限联想使我对妹妹的出生充满了期盼。

"蓓蓓——，晚上跟我去趟医院，你妈就快要生了。"刚吃过晚饭，外婆对我说。一面把熬好的鸡汤倒进保温瓶里，盖好盖子，放进一只布袋里，一只手拎着。我突然间像长大了似的，帮外婆拿着包，又锁好了门，祖孙俩出了院子。

九月初的夜晚，月朗星稀，马路上冷冷清清的没几个行人，静得可以听见自己的脚步声，偶尔一辆大卡车快速驶过，声音在寂静的夜里分外刺耳。小城当时的街道不像现在那么宽，两边也没有那么多店铺，零星的几个铺子也早已打了烊，四周黑漆漆的。印象极深的是马路两边高耸的路灯，昏黄的灯光从空中柔和地铺洒下来，有一团团小虫在光里飞舞，水泥灯柱上胡乱地贴着些小广告，破了，在夜的风里抖着。我跟在外婆后面，心里有莫名的兴奋，外婆手里拎着保温瓶，里面是刚熬好的滚热的鸡汤……

我们到了医院，穿过一条很长的幽暗走廊，走廊尽头是一扇紧闭的大门，对开的两扇，门上醒目写着"产房"两个大字，字的红颜色让我想到血，我有点怕。

产房的门，底部朽掉了一块，离地面也就有了一巴掌大的空隙。我趴在地上，身体平贴地面，半边脸贴着冰凉的水泥地，从空隙往里瞧。瞬间一股凉风带着刺鼻消毒水味直扑我的鼻子。我看见有很多条床腿，颜色已剥落，锈迹斑斑，地上有病人的鞋，偶尔，有白色肥大的裤腿来回走动，到一张床跟前停一停，又走开，伴着很响的塑料鞋底刮着水泥地面的踏踏声，各种金属的碰撞声，夹杂有人哼哼的声音。我努力想看清楚妈妈睡在哪张床上，可是，门的空隙实在太小，我再怎样努力也最多只能看到半截床腿，无法看到床上躺着的人。

一双塑料鞋向门这边快速走来，越走越近，随即门被哗地拉开，带起一阵风，吹起白大褂的一角蹭过我的脸，又一股浓烈的消毒水味道。

“呦！这谁家孩子，趴这儿干吗呢？”白大褂看着我。

我噌地从地上弹起来，愣愣地看着她，那是一张年轻的脸，五官长什么样已不记得了，只记得她的脸很白，白得像她身上的白大褂。

“我是她外婆，她妈在里面呢——”外婆忙满脸赔笑地迎上去。

“是姓杜的吗？”

“是——是——”外婆应道。

“今天夜里够呛了，宫门没完全开呢。”白大褂一边说着，一边径直朝幽暗的走廊走去，走了几步，又甩出一句：“回家等，明天一早再来吧。”说完头也不回地走向走廊尽头，一转身便不见了，只听见塑料鞋底的踢踏声还在空荡荡的走廊里回荡。

第二天中午，妹妹来到人间。

我放学回家，进了院子，看到家里锁着门，隔壁许奶奶见了我说，你外婆去医院了，你妈说是已经生了。我放下书包，一路跑去了医院，进了病房走廊时，看见护士推着一张床向病房这边来，床上躺着的正是妈妈。她刚从产房出来，正被推入病房，四五个护士一起抬着妈妈从手推床上挪到病房床上。

妈被抬起时，我看见她屁股下面垫着黄色的草纸，纸已被暗红的血渗透了，血又透过草纸渗到白色的床单上。妈被放下时，另一个护士麻利地把几张干净的草纸垫在下面。她慢慢躺下来后，我才看清楚妈的面色蜡黄，嘴唇泛白。这时候，护士示意她张开双腿，一个护士在她的臀部下垫了一块什么东西，又把她的双腿往两边撇了撇。我被眼前的一幕惊呆了——我看见妈妈黑紫的阴部毫无保留地暴露在外面，大腿内侧还有几抹未擦尽的血迹。一个护士伏下身，好像在妈的身上找什么，当护士的手挪开时，一根极细的管子被埋进了妈的身体里，管子的另一端连着一个透明袋，挂在病床边，很快，我看见微黄的液体缓缓注入袋中……

病床围了一圈人，同病房的病友也过来围观……没有人讲话，病房安静，偶尔有金属碰撞发出的冰冷声响，空气中飘散着医院特有的混合着消毒液的腥臭味道。

## （二）

妹妹出生后，小屋住不下了，爸妈带着我和妹妹搬去了另一个较大的院子，距离外婆的小院很近，外婆依然一个人住在小院的老房子里。周末，爸妈就带着我们去看外婆，那时外婆一见我们就说：“你们长大啦，小屋里待不下啦！”

我不知道自己有没有长大，可妹妹是一天天长大了。

她刚出生时，吃妈妈的奶就够了，可刚一满月，她的肚皮就大起来，妈的奶不够吃了。从那时起，我就要时常端着一个搪瓷缸子，穿过马路，去糖果铺子打炼乳给妹妹吃。妹妹一吃饱，就不哭了，呼呼地睡，很快就成一个小胖子，脸蛋儿胖嘟嘟的，像俩肉包子。爸妈总围着妹妹转，欢喜得不行，我虽有些嫉妒，可一看见她胖乎乎的脸蛋对着我笑，就忘了嫉妒了。每天放学一进门，放下书包，就要去抱她，亲亲她的胖脸蛋儿！

妈忙起来的时候，我也能帮着带妹妹。妹妹换下来的尿布，我也能帮着洗了……

妈那时总夸我说：“这下像个姐姐样啦！”

我心里美滋滋的——我能帮着妈妈做事了！

妹妹出生了。

我长大了。

妹妹出生了，我长大了……

妹妹六个月

# 尾声

一次和先生闹别扭，夜里做梦，竟然回到儿时住过的小院。梦里的我走在沉沉夜色里，脚下是通往小院唯一的石板路，路边稀稀落落几盏路灯，有的坏了，只有路尽头的那盏发着微弱的光，石板路的尽头是一大片屋舍，黑乎乎的。

我拐进小院，院里很静，夜风吹过，院口的那棵大榆树，发出一阵沙沙声，我轻手轻脚往里走，家家没有灯光，这时候邻居们一定都睡了。不过今晚月亮很好，银白色的月光满满地泻下来，照得小院里如同白昼。

我走到自家小屋门口，从兜里摸出钥匙，那是一把明锁，日久不用，已生了锈，梦里的我，费了半天劲才打开。推开门，扑面一股浓烈的霉味儿，黑暗中摸到墙上的灯绳，我拉开灯，眼前弥漫了一层昏黄的灯光。我环顾一圈，屋里的摆设和从前一样，不曾变过，只是家具和屋子的四角上沾满了蜘蛛网，屋里阵阵袭来的灰尘味道呛得我想咳嗽，我掩住鼻子，恍恍惚惚地问自己，这屋子很久没人住了，外婆去了哪里，爸妈呢，妹妹呢……他们不住在这里了，他们去了哪里，我来这里做什么，来找谁？梦里的我又跟自己说，这是梦，我一定在做梦，那梦是听谁的指挥呢？大脑吗？潜意识吗？或者灵魂吧。大脑睡去时，灵魂便飘荡起来，一定是灵魂，它引领着我，也只有它，最了解哪里可以抚慰我的心。

我的视线总也离不开那张大床，它几乎占据屋里一半的面积，紧挨着床的是那只红木衣柜，后来我们多次搬家，衣柜几乎散架，妹妹把镶有红木雕花的衣柜门留下，又给衣柜拍了照片，找人专门照着老柜子的样子仿制一个新柜子，这个新衣柜现在一直放在爸妈的卧室里，柜子是仿制的，但雕花的柜门是原装的。

对这张大床，我有太多记忆，爸妈没回来时，我和外婆睡这张床。爸妈从乡下回来，我和爸妈睡大床，外婆在靠窗的地方，搭一张小床。“屋子是小了些，但一家人能聚在一起比什么都好。”外婆总这样说。

我看见了那个军绿色的旅行包，已褪了色，干瘪地挂在床架上，蜘蛛网在包和床架间来回缠绕，包很大，褶皱处积满灰尘……

相聚总是短暂的，爸妈每次来去匆匆，和他们一起来回的还有这个大旅行包。妈每次返回乡下，外婆都要准备吃的用的，晒好的咸鱼，爸爸爱吃的辣椒酱，肥皂，卫生纸……每次包都塞得鼓鼓的。外婆和我送妈到巷子口，外婆少不了叮嘱她要注意身体，我则低着头等着妈妈说她每次都要说的一句话：我走了，你要听外婆的话。

我那时不明白，为什么一家人不能住在一起，爸妈为什么要去乡下，外公又为何有家不能回。那时，我们一家五口人分散在三个城市，什么时候我们才能像真正的一家人那样住在一起呢。

梦里的我走出小屋，来到院子里，月光依然清澈如水，我没戴手表，不知现在几点几分，可能已是后半夜，抬头看天，天空深蓝纯净，月亮高悬。这月亮我太熟悉，那是我小时候的月亮，这么多年过去了，很多往事已淡忘，这小院里的月亮却一直悬在我记忆的天空，清晰如昨。

此刻我的梦变得如此轻灵，我抽身离开小院，转瞬间来到了东风一街上，天已拂晓，街上空荡荡无一行人，路灯已灭，四周灰蒙蒙。我来到街上的美琪布店，店门上着门板，还未开张，没有铺子会这么早开张，门板间的缝隙透出微弱灯光，我透过门板上的破洞往里瞧，影影绰绰好似有人影晃动。我看见了赵伯伯，他还和我小时见到的一样，并不曾老去，我正觉奇怪，从柜台里一闪出现另一个人，模样和赵伯伯相像，只是比赵伯伯老。我听见他对赵伯伯说："这下好了，你来了，我不寂寞了，铺子忙起来，也有人帮手了。"他说着，脸上带着笑意。赵伯伯也笑眯眯地说："爸，铺子的生意你不用担心，有我呢。"说完两人相视而笑。

两人在店里走来走去地整理铺面，但听不到脚步声，好像飘来飘去，他们说话，那声音也奇怪，明明离我很近，声音却像很远，好像在山洞里，有回声，还未听清，瞬间就空了。这店堂里的一切是那么真切熟悉，只是没了质感，都像是要飘起来。

我离开美琪布店，转眼间来到大姥家的房顶上，我贴着房顶的老虎窗看下去，屋里亮着灯，大奶奶和大姥已经起床，大姥坐在饭桌旁，大奶奶过来给大姥的杯子里倒水。我透过天窗钻了进去，紧贴着大奶，我很轻，她未发觉，我听见大奶说："昨天我去后街看了看沈老太，带了点吃的，无儿无女怪可怜的。"大姥扬起脸来笑了笑。梦里的我很是吃惊，小时候来他们家，从未见大姥对大奶奶笑过，总绷着脸，像是一对冤家。

大奶奶又对大姥说："秀莲（哑巴）好吗？你抽空去看看她吧。"

大姥低头"嗯"了一声。

"我以前总和你闹，你不怪我吧。"大奶又说一句，低着头。

她抬起头时，我看见一颗泪珠挂在她脸上，晶莹透明，只是看上去好像没有温度，不是滚热的。大奶站起身准备早饭，我消失了……

我的梦此时沉重且很疲惫，我站不稳。我来到马大夫家门口，想坐在石阶上歇一歇。刚一坐下，一个人忽然立在我眼前，没有声音，好像从天而降，我吃了一惊，仔细一看是马家的小三子，我喊出声儿："三子，是你——"我的声音直往下沉，瞬间被什么吸走了。奇怪，她的腿怎么好了，她没有拄拐，直直站在那里，脸色白而发亮，眼睛也发亮。"你是谁？"她问我。声音像从遥远的山洞里传来，打着卷儿传入我耳朵。

"我是……是……住在前院儿的……就是……跳皮筋的……那个……"

我说不清了，声音一出来又被吸走。

她突然噘起嘴巴道："你起来！不许坐我家门口！"

我赶紧站起来，此刻已困意全无。她上前一步，我连忙让开。她又说："我来找爸爸，爸爸好久没来看我了，姐姐们都不要我，她们把我送到一个地方，那里很冷，又脏又破。"

"爸爸是我的爸爸，爸爸最爱三子……你走开！"她突然气呼呼地说着，嘴巴一撇一撇，像个受了大委屈的孩子……大颗泪珠顺着脸颊滚落下来，同样瞬间就飘散不见了。

我要赶快消失，梦里我跟自己说，三子这是觉得我在和她抢爸爸了。我离开马大夫家，又不放心三子，就又折回头，马家的大门敞着，我一闪躲在门后，伸头往里瞧，我看见了马大夫。他笑着搂着小三子，摸着她的头，三子偎在他怀里。这一幕我见过，我想起来，小时候在马家的诊所里看到的。马大夫搂着三子说："爸爸再也不离开你了，三子不怕！"

这时，我听到背后有人叫我的小名，回头一看，竟然是外公。他身穿一件白色长袍，白得直晃我的眼，头发梳得一丝不乱，看上去比我小时候见到的还年轻似的。"外公——"我张嘴叫。可声音一出又被周围吸进去。外公自然是听不见，他正和同来的一个人说话，那人的脸模子很熟悉，好像在哪见过。我索性上前一步想看仔细。那人和外公说话，脸转向我的方向时，我终于看清他的脸。这应该梅姑姑的父亲，我见过他的照片，小时候在梅姑姑家，那张照片就压在饭桌玻璃板下，他们怎么也来了，这是怎么回事，我越发糊涂。正纳闷，看见马大夫走出来热情招呼他们，外公和梅的父亲走进马大夫家客厅，相互寒暄起来。这时我才发现他们身上穿的是同样的衣服，都穿一件宽大的白袍，柔软及地，他们的面色也都一样，没有血气，白而泛光，像涂了一层蜡。

“还记得吗？我们当年说好一起来的，你倒好，一个人先来了，留我一个在那边苦捱那么多年！”我听见外公笑着对梅的父亲说。

“我没有你命好，你去了工厂，我后来去了农场，实在受不了那个罪，早来早托生。”梅的父亲说。

马大夫在一旁笑嘻嘻道：“那边的事就不要想了，来了就好，以后就天天是好日子了。”

我专注地听他们说话，一时忘了离开。这时从马家里屋又走出几个人。我定睛看仔细，我认得他们，是院里的许奶奶和许大大，也穿白色及地长袍，面色也都白亮，看上去比在小院时都过得好，只是说话声有些变，声音纤细而且遥远。他们离我很近，就在眼前，但他们的声音好像经过很长的过程才传入我耳朵，许家母子加入三个男人的谈话，看上去都那么快活。

我的梦在东风一街飘荡了一圈，在十字路口停下来，回头一看，顿时惊出一身冷汗，美琪布店不见了，再一看，大姥家也不见了，眼前灰蒙蒙中隐约现出大片苍松翠柏，有高低不同的石碑错落其间，眼前分明是一个墓园。我这是在哪里，我刚才在和谁说话，梦里我问自己，我一阵毛骨悚然，我消失了。

醒来时，我恍恍惚惚，很久不能从梦境中抽离，我觉得这梦实在蹊跷，怎么无端端就回了小院。定神后，我想去看外婆，告诉她我的梦，告诉她我梦见了外公，他看上去很好，比以前还要精神。

我走在去往外婆家的林荫小道，此刻晨间的第一缕阳光正透过树梢洒下斑驳的影子，一阵清爽的风吹过，树影婆娑，天又高又蓝。走在这样的早晨，让我神清气爽，忽又想起昨夜的梦，一时间竟有些恍惚，仿佛自己正走在通往天堂的路上，我不知天堂是什么样子，但我想那里一定是个好地方。

外公和小院里的人们都去了那里，从此无忧无虑地生活。

那里没有苦难，没有战争，没有不公和欺骗……

有的是永远的幸福，和平，单纯和喜乐……

2012年12月完成一稿

2014年9月定稿于香港

我不知天堂是什么样子，我想，那里一定是个美丽祥和又宁静的地方……

# 外一篇 关于我

“我是怎么来的……”

不止一次，我这样问自己。

小时候，每回问妈妈，她总以同样的口吻说，你是从我肚子里生出来的啊？

“那我为什么跑到你的肚子里去了呢？”

“长大你就知道了。”妈笑着说。

我长大了，也做了妈，有了自己的孩子。一次我在香港的家里打电话给妈妈，又把这个老生常谈的问题拎了出来。

“妈，我是怎么来的？”

“你的孩子是怎么来的，你就是怎么来的。”

“妈呀，我不是问那些。”

“那你要问什么？”

“关于我这个生命如何来到这个世上……我要细节，你和老爸啥时候公开关系的，外婆知道了啥态度，她都说了什么，你是怎样的反应，你啥时候就横下心跟他去了下放的地儿……去了之后你的第一印象是什么，当时你们住哪儿，几间房……你曾说过当时有一场大火，失火的原因是什么……哪些东西被烧了，还留下了什么……你在什么情况下就有了我了，当时什么季节，夏天，冬天，几点，白天，晚上，深夜……当时天气怎样，晴空万里，大雨倾盆，还是细雨霏霏……我要细节，越多越好。”

我妈终于拗不过我，“那你等一下。”她说。

电话那端传来她沙沙的脚步声，渐行渐远，接着倒水的声音，拖鞋声又近了，她去沏了杯茶，重又坐回沙发，拿起电话。

“从哪儿说起——”妈的声音清晰而低沉。

“从你们的学生时代开始……”我赶忙凑近听筒说，并同时按下了电话的录音键，当电话机上小小的红灯闪烁提示录音已开始时，我舒了口气，看着窗外平静的海面缓缓驶过的船只，一丝得意掠过心头……

那是上世纪五十年代——一个激情燃烧的时代，她和他是同学，同班，同组，前后位，她坐在他的前面，他坐后面。

她——是家里的独女，外公外婆的掌上明珠。她身材高挑，落落大方，普通的白衬衣穿在她身上就有了不一样的味道。她喜欢简单的颜色，不喜欢花儿朵儿的点缀。她至今保留一张少女时期的照片，照片上的她，高挑的身材，蓬松的短发，额前斜斜的揪一个小辫儿，干净利落中透着一丝少女的俏丽。她喜欢白色，白衣白裤，白袜子，白球鞋，浑身上下一色儿地白。怪不得后来，她的同学来我们家都说，我妈当年是学校的白衣少女。

她在同学中间威信极高，她是学生干部，经常上台讲话。她天生不怯场，演讲流利生动，感染力极强，每次都会收获热烈的掌声；她组织能力强，每到一个地方，碰到不同的人，她很快会成为他们的中心；她并不十分漂亮，但有魅力，这魅力与生俱来，使周围的人很快围绕在她身边，听从她的指挥。

她似乎天生具备成为领袖的所有条件，如果不是当时的时代，她极有可能成为政界一名优秀的女性。然而，生不逢时，在那个“唯成分论”的年代，她的父亲——我的外公的历史问题，像一只看不见的大手，笼罩在她的头顶，她走到哪里，那只手便跟到哪里，无论如何挣扎，都无法摆脱它的阴影。

她是家里的独女，从小由着性子长大，但她从不娇惯自己。

父亲因历史问题进了监狱，母亲没有工作，失去了父亲的家立刻像屋子没了屋顶，那时她刚满十二岁，小学尚未毕业。也许是家庭的突然变故，也许是天性里的善解人意，她比同龄的女孩都显得更为成熟、懂事和独立。三年自然灾害，大人加班加班地工作，星期天还要义务劳动，她原本就吃不饱，但还省下自己的叫人带给在外劳动的母亲。她一直这样做，直到见到母亲说，没见过她捎来的东西，母女俩才知道，是捎带的人半路上偷吃掉了。

这在那年月并不稀奇，大街上就有人公然抢你手里的食物。我一直不相信人在吃不饱肚子的情况下还能讲什么气节，很多恶劣的品行和庸俗的实用哲学从根本上都来自贫困，我一直固执地认为，很多美好的品质最初源于贵族，贵族并不完全是我们理解的傲慢、霸道、专横、优越感，它还有另一面，这一面是支撑他们之所以成为贵族的基石，是我们不了解的或者有意识回避的，或者了解也不大情愿承认的，那些和美好相关联的词：礼貌，整洁，谦和，内敛，克制，诚实，守时，守信……

只说她和他。

他——同样优秀，性格内向但聪明绝顶，他和她同样有家庭的问题。他因为父亲的历史问题几近家破人亡，父亲因承受不了这突然间的巨大变故自己了断了生命，母亲本身的长期病患加上突如其来的丧夫之痛，几年后也跟随丈夫去了，当时的他只有十五岁，还是个不谙世故的孩子。父母的相继离世，使这个原本就敏感脆弱的少年变得更加沉默寡言，少年的内心郁积了太多的不满、愤怒，全都埋在心里。性格里反叛和倔强的因子被不断地激发，他变得少言寡语，他用沉默和周围的人对峙着，和这个世界对峙着。他天性敏感，后天的经历又使原本敏感的神经变得更加敏感，以至于身体每个细胞全变成眼睛，变成耳朵，全离开身体，飘浮于空气，搜集每一个哪怕是极微弱的信号，把所有看到的听到的全拿到显微镜下放大。

殊不知这人世间的事大多是不能仔细看的，一定要有一定的距离并朦胧地看，才会觉得美好。这是在我渐渐成人的过程里，领略了人性的黑暗后越来越强烈地感受到的。

这种性格特质注定他的一生将会很累，内心的背负太多，身体被一条条绳索捆绑，他想挣脱，可捆绑太久绳索已嵌进皮肉，刻进了生命，新愁加旧恨，使他已习惯甚至依赖了这种捆绑，一旦松绑，他反而不自在，不安全，不会走路，甚至不会讲话，不会笑了。

他出生在一个小资家庭，他父亲——我的爷爷白手起家，靠着勤劳和智慧从一个只卖烧饼油条的小铺，一步步扩大成了当地唯一一家回民大饭店，生意兴旺时曾和南京的百年老字号——马祥兴板鸭店、芜湖的马义信清真饭店，并称“江南三马”。

他在家族生意最鼎盛时来到这个世界。

他原本不是家里唯一的男孩，在他之前，我的奶奶生了六个孩子，三个女孩都顺顺利利地长大，三个男孩却先后夭折，无一幸免。他的出生，无疑成了马家当时一件惊天动地的大事。

听老辈的人讲，他一出生就认了十个干爹。我爷爷更让自家的馆子关张三天，满月的酒席整整摆了一个星期。十个干爹合起来给他打了一个金锁，沉甸甸地戴在他短粗的脖子上。我看过他的百日照片：胖得滚圆，同样滚圆的脑袋上没有一根头发，穿着开裆裤，脖子上挂着一条老粗的金链子，链子下面沉沉缀着的就是那把金锁，它让我想起贾宝玉的“劳什子”。照片上的他活像一个小地主，霸气十足。

当年的地方政府，拉拢民心，在当地举行胖宝宝比赛，街坊们评选，优胜者奖励一包糖、一包大米什么的。我奶奶抱着他去了，结果拿了第一。胖小子在当地名声大噪，我奶奶没事就抱着他串门子，去谁家谁都竖大拇指，都说这孩子长得一脸福相，将来定是个光宗耀祖的人儿。

此时，如果有一个人走到他们中间说，这个男孩将在十二岁丧父，十五岁丧母，少年时代性格内向并有忧郁倾向。父母相继离世后，十五岁的他曾两次企图结束生命，被亲戚及时发现才得以幸免。十八岁“上山下乡”，被迫中断学业，挑过大粪，干过“双抢”，回城后做过井下采煤工、水泥工、汽车修理工……当时的他们听到这些话会是怎样的反应？会恐慌？质疑？一笑了之？奶奶听了一定会朝他脸上吐口水，这些在今天看来已经不重要了，重要的是一切早已安排好，只是你不知道。在随后铺展开来的人生路上，这一切都被一一验证，真实而又清晰。

然而命运又是这样有情，知道这个被大人宠坏了的孩子，无法独自承担这一切，于是让她——来到他的身边。同时上天又给这个女孩儿施以魔法：让她对他一往情深，爱得死去活来。爱让她包容，包容他的坏脾气，他的喜怒无常，他的敏感脆弱。要知道这个女孩儿也是家里的独女，父母的掌上明珠，这一包容就是大半辈子的时光，他们也吵过，打过，怀疑过……

长大后，我常听她说，我哪辈子欠你爸的。

将来怎样，谁知道呢？可眼下，这个男孩是被宠上了天。

1960年那会儿，奶奶把好不容易买来的几块烧饼锁在衣柜的抽屉里，奶奶有五个孩子，孩子们夜里饿得哭，问妈要吃的，烧饼是预备着那时拿出来的，烧饼平时不能吃，那是救命的。

被他知道了——

吵着要吃，奶奶不给，二话不说他抄起门后的板斧就去劈柜门。奶奶一屁股坐在地上号啕大哭，边哭边说，都是我的错，生了他来这世上受罪。

那个唯一躲过当年的大火得以幸存的雕花红木衣柜，日后一直跟着他们走南闯北，柜门上总带着两道深深的刀痕。每当我看见刀痕，眼前就联想到他当年抡起斧子奋力一砍的画面，那是他童年的“杰作”。

现在每每讲起此事，他总会说：“自己小时候不懂事，让你奶奶操了太多心。”然后便会长久地陷入沉思，如果那天有酒，他会把杯里的酒一干而尽后，再说一句：“可惜你奶奶走得太早，老太太没福气啊！”这一句的声音很小，是在说给我们听，更像在自言自语。

他是家中唯一男孩，上面三个姐姐，下面一个小妹。他被围在四个女孩中间，变得霸道、任性、敏感，而又心思缜密。

奶奶视他为掌上明珠，对他和对四个女儿的态度明显倾斜，家里吃的用的一定是先紧着他，之后才轮上四个姑姑。

我成年后，一次回老家，三姑妈还说起他小时候的事。

“那年月总是有无休止的劳动，什么挖河、修路、种树……我不明白，为什么每天都要爬起来挖河、修路、种树……树种下去，让它自己慢慢长大好了，长大需要时间，你需要做的仅是浇水，施肥，定时维护。”三姑妈说。

天天种树挪树的习惯似乎一直延续至今，躁动的因子渗进血液，他们再也安静不下来。路边绿化带上，我常看到，小树苗被种下去，干枯的树干吐了新绿，没过多久就被连根拔起、扔掉或是迁移。只有城市主干道上少许参天老树得以幸存，老根新枝错落有致，夏天浓荫蔽日，养眼又养心。次干道或住宅小区，尤其城乡结合处，道路两旁永远是小树苗，永远在成长期不是夭折就是被果断移走。在我看来，一个城市有了年龄和历史，才有味道，这个城市才有毛茸茸的质感。世界上很多东西都有生命，有其自身生长的规律，不能随意践踏——包括树。世界上很多事物都有自己的记忆，自己的情感，他们需要被尊重——也包括树。

扯远了，还说三姑妈。

他们义务劳动，一干一天，奶奶让他给三姐送饭。那是他最喜欢的差事。

男孩子十几岁，正值长身体、饭量大，平日里总吃不饱，遇到这样的机会当然不会放过。饭菜经常是到了三姑妈的手里，已经少了一半。三姑妈至今笑谈她为何瘦——“就是那时你爸扣我的饭。”

他对三个姐姐的霸道行为不胜枚举，三个姑妈也不去奶奶那儿告状，告不赢，反被奶奶说：“你们是做姐姐的，跟他计较什么……”

转眼到了入学年龄，奶奶从心里不想让他进学堂。奶奶想不明白，为什么孩子一定要上学，她觉得上学太辛苦。她最想让他长大后就像巷子口修自行车的A君一样，在家门口开个修车铺，她中午做好饭给他送去，看着他吃完，再帮他打理一下铺子，想看他随时抬脚就去了。在奶奶看来，修车的本事跟师傅学就行了，不用去学堂。奶奶没读过什么书，却执拗地坚持自己的想法，将来要学修车，就一定要有一辆自己的车。奶奶用自己的私房钱，托人从南京买了一辆在当时最时髦的英国产的自行车，亲戚们见了说，太早啦，玉儿还没自行车高。奶奶心里有主意："孩子长得快，现在要先预备着。"

他生性顽劣，开智又晚，整个小学生涯都是在混沌糊涂中过来的，考试不是交白卷就是不及格。当时的老师是可以体罚学生的，奶奶担心他在学校受罪，常用自家店里卤制的上好牛肉贿赂老师校长。

他至今笑言，我之所以能小学毕业，全是你奶奶用牛肉换来的。

中学时，他的天资开始展露，很快学习在班级名列前茅，且文艺体育也开始崭露头角。

他在学习上的强项是解析几何，同学遇到难题常找他帮忙，他后来做解析几何的速度甚至超过老师，这是他至今倍感骄傲的地方。他常跟我们说，最露脸的一次是"几何科"一年一度的大考，他和同学比赛乒乓球竟然给忘了，第二天想起来狂奔到学校，考试已经开始了半个多小时，央求半天老师才给他进考场。结果，他全班第一个交卷，成绩考到了全年级第一。

这次的露脸，他足足津津乐道了半辈子。

他擅长打乒乓球，他的乒乓球打出了学校，打到市里，最后代表所在城市参加芜湖地区联赛，拿了冠军，为全校师生争了光。

他会吹口琴，且吹得很好，当年流行的前苏联歌曲如《莫斯科郊外的晚上》《小路》《喀秋莎》……全不在话下，课间小息，他拿出一本苏联歌曲集，让同学随意点歌，每到这时，他身边总围拢很多男女同学，这其中就有我妈。

他和她的关系在“文革”串联时快速加深并逐渐在同学中公开。

“文革”中，串联开始，她是学生会主席，他是德智体全面发展的优等生，第一批去北京接受毛主席接见的学生代表，一行五人，其中有他和她。

爸爸这样对我描述：密密麻麻的全是学生，个子小的全变成了包裹，由个子大的从窗户塞进去，自己再爬进去。车厢里的走道全是人，椅子上坐着人，椅背上也坐着人，椅子底下躺着人，车厢与车厢连接处挤满了人，门玻璃上贴着人，厕所里塞满了人，车厢没有一点空隙，有厕所根本没法上，有的同学甚至尿在裤子上。

她对他的好感在这时开始强烈起来，她后来对我和妹妹说：不管车上再多的人，你爸总能左挪右挪地挤个地方，让我坐下，你们没有那样的经历，那时候哪怕有巴掌大的地儿能坐一坐，你都觉得此时你是世界上最幸福的人！

他一路上庇护着她，火车上人挤得无立锥之地，一个男生整个身体贴在我妈身上，他告诫他离远点，那男生不以为然，他再次告诫，男生仍无动于衷。他伸出手就是一拳，男生鼻子立刻血流如注，两人在车厢里扭打起来，对方脱口一句：狗崽子！他被瞬间点燃，一把拎起对方的衣领，拖到窗户前，拉起窗户，把那人从窗户里推出去，火车飞快地向前疾驰，若不是在场同学尽力阻止，险些酿成大祸。实质上，他的暴躁脾气那时已有暴露。只是正处在恋爱中的少女已经失去了理智的判断。在当时的我妈眼里，那是英雄壮举，是爱情的见证！

我妈倍觉温暖，两人的关系在他这次大显身手之后迅速升温。

串联结束，学校已不上课，同学各自散去，临别时，彼此留下地址，便于将来联系。一个星期后，她便收到一个包裹，是他寄来的，里边是一张老式唱片，用唱针的那种，里头的歌是当时流行的电影《冰山上的来客》的插曲。我小时候还有印象，我妈一听到“花儿为什么这样红”就会跟着哼唱几句，接着便会说起老爸当年给她寄唱片的事儿。但后来再听到这歌时，她就不唱了，她说，当初要知道你爸的脾气这么坏，他给我寄多少唱片，我也不会答应。

“就是，哪怕把唱片公司整个儿端给你，也没戏！”我附和道。

他的文笔很好，天赋使然，我看过他写的文章和诗，感情浓烈凄美，很能抓人。我之所以能写点东西，应是从他的基因里来的。

他知道发挥自己的优势，寄了唱片他便开始频频给她写信。她一向坚强，少有女儿家的哭哭啼啼，更不用说拿眼泪当武器来达到某种目的，那是她不屑的，但每回一看到他的信她都掉泪儿。外婆在一旁看得明白，她知道女儿的心里有了他了，终有一天她会跟着他去的，拦也拦不住。那些信件我妈原都有保留，但下放后一次不慎失火，家几乎烧完了，包括他们的结婚证、我的出生证、照片、信件都在那场大火中化为灰烬。

恋爱中他常去她家找她，她不在转身便走，很少和我外婆寒暄，赢得未来丈母娘的欢心是他的弱项，在今天的我看来，他也许无意冒犯外婆，只是不知怎样表达，一切皆性格使然。

这个基因多少也遗传给了我，表达情感有时是件很困难的事，尤其面对亲近的人。

但是他知道，她是独女，一旦她打定主意，便谁也拦不住，所以，他只向她诉说，只和她单线联系。

我至今认为我爸其实骨子里是很浪漫的，他当初追求我妈从头到尾是一个具有浪漫气质的文艺青年使用的方法，加上他年轻时五官英俊标致，照现在的话说属于"忧郁型酷男"，极容易吸引女孩目光的。

我问我妈，当时你俩的事，外婆是什么态度。我妈说，你爸一来我家，就低头不说话，从不跟你外婆寒暄，再加上当年他人特瘦，看上去不很强壮，外婆不太喜欢，说他性格也不随和，你又是家里的独女，从小也由着性子长大，恐怕性格上合不来……

事实上，外婆的担心在日后全被一一证实。他们的所有矛盾从根本上都来自性格不合。

在我和妹妹成长的路上，妹妹比我幸运，她小时跟外婆住在另一个城市，直到十岁才回来和我们同住，没有经历太多来自父母的“暴风骤雨”，而我一直待在他们身边，是他们战争的第一个也是最直接的目击者，导致的直接后果是我不再相信爱情，并且坚定地认为我妈之所以有这样的后果，完全是因为当初没有听外婆的话，这种想法导致我成年后，进入恋爱季节，从我第一个男朋友开始，就主动向“组织”汇报，一举一动，甚至潜意识里所思所想。他们分析、总结，最后给我指出一个方向，这样我才心安，当然也不是全汇报，有些细节是要适当隐去的。

我的第一次婚姻经他们“严格检查”，“层层把关”后才把我放出门，一年后即以离婚收场，办完手续后，我妈哭得像个泪人，我从未见她如此伤心地哭泣，跟我爸再怎样生气也没这般动静，我傻站在那里完全不知所措，像个局外人，好像离婚的是她。现在想来，她伤心的原因不仅来自女儿婚姻的失败，更是对自己的判断失误带来的自我否定，一时间不能接受。她曾经对我和妹妹说，她很幸运，上天给了她两个女儿，她感情上的全部伤痛便有了意义，她会时时提醒我们感情的路应该怎样走，前面的路哪里有坑，要绕道，哪里是死胡同一条，要尽早回头，她像一个不知疲倦的母鸡呵护着她的雏儿，生怕稍一个闪失，就万劫不复。

但是在她的一路英明指导下，我的婚姻只维系一年便告终，这等于她多年来判断标准的彻底失败。

我的婚姻失败带来的另一直接后果则是我妈这一光辉形象在我妹妹心目中大打折扣。

妹妹性格原本比我独立，这之后很少或几乎不跟我妈诉说她自己感情的事。她当年何时恋爱我们一概不知，两人认识不到三个月就去登了记，背着爸妈从家里拿走户口本，连我也瞒着，登记手续办好一星期后才上报父母，可见他们当时是爱得何等狂热。这段浪漫的婚姻维持了七年，妹妹主动提出离婚，爸妈劝她再冷静考虑，她回答说已经考虑了七年，不用再考虑了。妈说，妹妹是因当初太冲动，互相没有深入了解，婚姻这么大的事没听父母意见，所以导致最后失败。

这话多少有些牵强。婚姻其实本是一场赌博，谁赢谁输自己不可以控制，包办婚姻不见得就不幸福，青梅竹马未必就白头到老，更何况人是多么复杂的动物，且置身于盘根错节的社会网中，个人的爱情有时显得脆弱和不堪一击。

还说他和她。

爱情给了她极大的勇气，她最终离开外婆跟他去了，去得那样坚决，那样义无反顾!

他们下放的地方是他的家乡，皖南一座灵秀的小城。刚到那儿，她显然不适应，她从小在皖北长大，皖南湿热的夏季是她最难熬的时候，再加上农村蚊虫侵扰，更让她整夜不能眠。她瘦了，一米六八的高挑身材只剩下九十来斤，然而她却从未那样幸福过，因为她和自己所爱的人在一起。

起初，他们各自住在当地农民家里……一个傍晚，他去找她，临走时，突然变了天，下起了暴雨，夹着电闪雷鸣。她说：“今晚别走了，这么大的雨，山路危险……”那晚，他没回自己的住所，留了下来陪她……

在那样的政治气候下，那样年轻的他和她，在那样陌生的地方，那样孤单的两个人儿，那样两颗澎湃但孤独的心，在那样风雨交加的晚上——他们就应该在一起！不！已经太迟！！她从离开我外婆的第一天，就应该立刻奔向他的怀抱，紧紧地相拥在一起，让那些所谓的世俗道德统统滚蛋吧！他们什么都没有了，只有年轻的生命，他们只剩下了年轻的生命！周遭的一切都太冷，太冷！他们仅剩下用年轻的身体互相取暖，他们谁也靠不上。他的父母早已离世，亲戚们也大都人走茶凉，除了一个叔叔外，谁也不再把他当成当年的小皇帝那样供着；而她的父亲因历史问题进了劳改农场，虽已刑满释放，安排在劳教单位工作，仍被称作“劳改释放犯”，行动上并不完全自由。

我至今对这个称呼无法理解，既已释放，就应该和普通人一样，拥有一个公民应有的自由，为什么后面还带个“犯”字，已经释放，怎么还叫“犯人”？

还有她的母亲，我的外婆，当时在老家，每天无休止地加班，无休止地义务劳动。外婆后来跟我回忆，你外公“出事”走了，我都没那么绝望……可那段日子我好几次都不想活了。

现在想想，无非是统治的需要，人在极度劳累的情况下，想不了太多事，大脑会变得简单而容易管理。就是让你没工夫思考，想得多了，就会出事儿。

那一夜，是她的第一次，也是他的第一次，他们第一次把自己献给了对方，在那个风雨飘摇的夜，在皖南一个叫杨家庄的小村子里，青春的身体播下了爱的种子，这颗种子带着她和他的DNA

在她的身体里靠港，拼命吸收着她身体的养分，每天快速长大，不到三个月已成个小人儿了。

那个小人儿就是我。

我出世后，显然遗传了他的基因多过她，长相酷似，性格酷似，我继承了他所有的优点和缺点。

我一路上晃晃悠悠地长大，但其实并没有长大，只长了个“外壳儿”，内脏全没长好，没心没肺，脑子里更是一盘“豆腐脑儿”，走路时里边直晃荡。小时候的我还多灾多难，好几次差点丢了小命。

但同时，我得到那个雨夜他们激情浪漫的神秘遗传，我也浪漫，也多情，我爱做梦，我不食人间烟火，尤其喜欢下雨天，更喜欢夏天里的暴雨倾盆，我躲在家里，躺在床上发白日梦，那是我最幸福的时光。

我的这些“脚不着地，云里雾里”的特质跟他们把我带到这世界的那一晚是否有着某种神秘的联系，我不知道，那是上帝传达给人类的神秘电码，只是上帝的信息，人类尚无法破译。

当我自己有了女儿，更加体会到一个生命的诞生是如此偶然神奇且不可思议，生命中太多的为什么，至今仍是个未知的迷。

我对生命充满了敬畏……

本想写些文字关于自己，却发现满篇都在写爸妈，但又一想，那何尝不是在写自己呢？重新梳理了他们的生命轨迹后我终于明白——我为何是这样而非那样。

当我写下这些文字时，恍惚间悟得人间万物终有时，所有的所有，其实原本就存在，它会在不同时刻在你的生命中呈现，看似偶然，其实它一直沉寂在你的生命里，你认为偶然恰好反应你的狭隘，正如一颗种子何时发芽，分叉，何时开花，结果，死亡……都有其自身规律，一直如此，它从未改变。它也一直在向你发出信号，告诉你，生命原是这样，也告诉你这生命的路该如何走，而你始终处在兴奋中，你安静不下来，你想证明你多么与众不同，然而对自我的强调恰好反映了你内在的脆弱，这个世界有其自身的规律，你不要改变它，你也不能改变，聪明的人从不想着改变，而是顺应，寻找自己的源头，然后靠近它，把自己变成它的样子，不要跳出来，你溶进去，变成一滴水，一朵浪花，跟随着它的引领，去到你该去的地方。

也许，我想得太多了……

小院的槐花落了，
童年一去不复返……

## 特别鸣谢

衷心感谢著名山水画家、中国美术家协会理事、中国画学会理事李呈修先生为小院绘制的精致插画。

感谢70后自由摄影师钟铸先生为此书悉心拍摄的照片。

感谢北京索玛峪图文设计公司为本书的策划创意付出的辛勤努力。

感谢照片里的小姑娘，我的女儿，你的参与赋予了文字新的意义。